中小学传统文化必读经典丛书

中国
古代寓言

杨元美 郭鹏 王大垚 编著

中华书局

图书在版编目（CIP）数据

中国古代寓言 / 杨元美, 郭鹏, 王大垚编著 . —北京：
中华书局, 2020.9

（中小学传统文化必读经典）

ISBN 978-7-101-14717-9

Ⅰ.中…　Ⅱ.①杨…　②郭…　③王…　Ⅲ.寓言—
作品集—中国—古代　Ⅳ.I276.4

中国版本图书馆 CIP 数据核字（2020）第 157180 号

书　　名	中国古代寓言
编 著 者	杨元美　郭　鹏　王大垚
丛 书 名	中小学传统文化必读经典
责任编辑	杨旭峰
出版发行	中华书局
	（北京市丰台区太平桥西里 38 号 100073）
	http：//www.zhbc.com.cn
	E-mail：zhbc@zhbc.com.cn
印　　刷	中煤（北京）印务有限公司
版　　次	2020 年 9 月北京第 1 版
	2020 年 9 月北京第 1 次印刷
规　　格	开本 /880×1230 毫米　1/32
	印张 7　插页 2　字数 100 千字
印　　数	1–10000 册
国际书号	ISBN 978-7-101-14717-9
定　　价	15.00 元

致敬经典，亲近经典

中华传统文化经典著作历久弥新，就像岁月打磨的一颗颗光亮的钻石，等待我们去探索其中的奥秘。经过几千年的积累，传统文化经典著作浩如烟海，那么，对于中小学生来说，哪些是现阶段"必读"的，哪些是可以暂时放一放，留待以后再读的呢？为此，我们根据教育部颁布的《完善中华优秀传统文化教育指导纲要》对中小学生阅读传统文化经典著作的指导精神，参考《全日制义务教育语文课程标准》和《全日制普通高中语文课程标准》关于传统文化的推荐阅读书目，并结合小学、初中和高中教材以及中高考涉及的传统文化著作，编辑了这套"中小学传统文化必读经典"丛书。具体来说，丛书又可分为以下几组"必读"小系列：

必读故事经典：《中华成语故事》《中华神话故事》《中华历史故事》《中华民间故事》《中国古代寓言》

必读蒙学经典：《三字经 百家姓 千字文 弟子规》《声

律启蒙》《笠翁对韵》《增广贤文》《幼学琼林》

必读思想经典:《论语》《孟子》《大学 中庸》《老子》《庄子》

必读历史经典:《史记》《战国策》

必读古诗经典:《诗经》《唐诗三百首》《宋词三百首》《千家诗》

必读古文经典:《古文观止》《世说新语》

必读小说经典:《西游记》《水浒传》《三国演义》《红楼梦》

以上几组"必读"经典,收录了中华传统文化著作中的"最经典",涵盖了思想、历史、文学、语言文字等多个领域,对于中小学生来说已经是"蔚为大观"了。

考虑到不同学段以及经典本身的内容特点,丛书在体例上不求统一。如"必读故事经典",在保留故事精髓的前提下,改编为更适合小学生阅读的内容,并且在故事后附经典原文,链接相关故事或知识。"必读蒙学经典",添加了拼音、注释、译文和解读,方便小学生诵读和理解。"必读小说经典",对书中不易理解的字词进行了注释,使读者能够无障碍阅读。其他系列的经典则根据情况，有的收录原著全文，有的选录最经典的章节或篇目，主体内容包括正文、注释、译文和解读四个部分。所有经典原文，皆选用中华书局的权威版本作为底本，注释精准，讲解深入浅出，充分考虑中小学生的阅读实际。在尊重前人研究成果的基础上，也适当阐发新思路、新观点，激发中小学生的探索、求知欲望。每本书的最后，设置了独特的"阅读方案"，有的对经典的内容进一步讲解和拓展，有的对经典的思想内涵进行深刻阐述，有的对如何阅读经典给予阅读指导，有的梳理了与经典相关的知识或趣闻……总之，我们希望提供一套真正适合中小学生阅读的传统文化经典读本，让中小学生读得懂，读得有收获，读得有趣味，对经典既存有崇高的敬意，又不敬而远之，而是乐于亲近经典，体会到与经典相伴的快乐。

本套丛书由富有研究成果的专家学者和教学经验丰富的一线教师，根据中小学生的阅读需求协力编写而成。在此向所有参与编写的人员表示衷心感谢。

书和读书人是一个永恒的命题。少年时代正是读书的好时候。少年读书有着自身的特点，古人有一个形象的说法：

少年读书，如隙中窥月。这是由少年的阅历所限。我们也许不能拓宽这个小小的缝隙，但我们可以在这一隙之外，为读书的少年拂去眼前的云雾，展现书海中的明月和几颗灿烂的星。

中华书局编辑部

目　录

傅马栈最难

春秋时期，齐国的管仲家境贫寒。为了维持生计，他曾做过各种各样的工作。后来管仲成了齐国的丞相，辅佐齐桓公成就霸业。

管仲担任丞相时，非常善于利用身边的人或事来打比方，向齐桓公进谏。有一次，管仲随齐桓公到马棚视察。桓公看到干净整洁的马棚和健康强壮的马匹，非常满意，让人找来了

养马人，亲切地问道："马棚里这么多事情，你认为哪一件最难呢？"

养马人见到桓公，激动得说不出话来，更别说回答问题了。管仲见状，便接过话说："以前穷的时候，我也干过养马的活儿。在我看来，编排拴马的栅栏（傅马棧）最难。栅栏所用的木料曲直混杂，如果你选的第一根木条是弯曲的，后面就必须得跟着用弯曲的木条，笔直的木条就用不上了。如果一开始就选用直的木条，接下来就必须用直的，那些弯的自然也就用不上了。"

齐桓公听了以后，若有所思地点了点头。

（据《管子》改编）

[智慧启迪]

管仲用直木比喻君子，用曲木比喻小人。通过这件事，他想告诉齐桓公如果任用小人，那么小人就会蜂拥而至；如果任用君子，那么天下的君子都会聚集而来。简单的例证包含了深刻的治国道理：物以类聚，人以群分，选拔人才要慎重。

〔博闻馆〕

淳于髡举荐人才

战国时期，齐国有一位著名的学者叫淳于髡（kūn），他被任命为齐国的大夫。齐宣王想要招贤纳士，于是让淳于髡举荐人才。淳于髡一天之内接连向齐宣王推荐了七位贤人。

齐宣王很惊讶地问他："我听说人才是很难得的，能在方圆千里的范围内找到一位贤人，那么天下的贤人就多得可以肩并肩地排成行站在你面前了。现在你一天之内就推荐了七个贤人，这样看来贤人是不是太多了？"

淳于髡回答说："大王这样说就错了。要知道，同类的鸟儿总聚在一起飞翔，同类的野兽总是聚在一起行动，这是因为天下同类的事物总是互相吸引的。我淳于髡大概也算个贤士，所以您让我举荐贤士。对我来说，推荐贤才，就如同在黄河里取水、在燧石中取火一样容易。我还要再给您推荐一些贤士呢！"

九方皋相马

　　伯乐是天下闻名的相马专家，他为秦穆公挑选的马都是才能出众的良驹，这些良驹为秦穆公立下了赫赫战功。然而随着伯乐年龄的增长，秦穆公担心没有接班人，无法将这门绝技传下去。

　　一天，秦穆公召见伯乐，问他："爱卿，你的孩子们也都长大了，他们中是否有可以培养成相马高手的好苗子呢？"伯乐回答说："其实寻找良马还是需要一定的技巧的。普通的良马可以从它的外貌体型、筋肉骨骼等方面看出一些特点。至于那些能力尤其出众的良马，它们的特殊气质则是若有若无、时隐时现地从它们的一举一动中不经意间表现出来的。相马的人在观察时稍不留神就可能错过这些瞬间，把它们和普通的良马甚至普通的马混为一谈。我的孩子们相马的才能都很平庸，我只能教会他们怎么去分辨普通的良马，却无法教会他们怎么挑出更优秀的千里马。但是大王您也不要担心，我有一个一起砍柴挑菜的好朋友叫九方皋（gāo），他相马的才能不在我之下，日后可请他为您相马。"

　　穆公听了很高兴，当即召见九方皋，并让他去寻找一匹千里马。三个月后，九方皋回来复命，说："大王让我找的马已经找到了，就在一个有沙丘的地方。"秦穆公问："这马是公是母，皮毛是什么颜色的？"九方皋回答："好像是匹黄色的母马。"秦穆公马上派人去取，结果手下人只牵回来一匹黑色的公马，九方皋说："正是这一匹。"秦穆公很生气，对伯乐说："先生举荐的人连马的毛色和公母都分不清，又怎么能指望他分辨良马的特殊气质呢？"伯乐长叹一声，说："这正是九方皋比我强千万倍的地方啊！他看马注重的是先天的气质禀赋，

只看最紧要的而忽略无关大旨的细枝末节。毛色、公母这种表象只要稍加观察，人人都能分辨，却与马的能力无关。像这样排除其他无关因素的干扰、直指本质的观察力，正是他成为一流的相马者最可贵的品质啊。"

后来经过事实的检验，这匹马果然是天下难得一见的良马。

（据《列子》改编）

〔智慧启迪〕

虽然说九方皋连马的颜色、性别都分不清带有夸张的成分，但是我们在认识一件事物时确实可以像九方皋相马一样，避开纷繁芜杂的表象的迷惑，抓住最本质的特征，这样才能清楚地明白事物的真相，而且有助于更深刻地看清细节。

〔博闻馆〕

的卢神勇救刘备

的（dí）卢马是一种额头上有白色斑点的马，伯乐的《相马经》认为这种马会对主人不利。三国时，刘备征讨刘表手下叛将张武，得到了张武的坐骑的卢马。刘备觉得这是一匹难得的千里马，就把它用作自己的坐骑。刘表的幕僚伊籍告诉刘备，这种马会对主人不利，劝他换一匹，刘备不肯。后来刘备率军驻扎在樊城，刘表的部下假意宴请刘备，想趁机杀掉他。刘备在席间有所觉察，便找了个借口溜了出来，骑上的卢马就跑。刘表的部下发现刘备跑了，领兵一路追赶。当刘备逃到檀溪时，连人带马陷在了几丈宽的水里。追兵眼看就要到了，刘备焦急地对的卢马说："的卢马啊的卢马，今天我们遇到了这么危急的情况，你可一定要努力啊！"的卢马好像听懂了刘备的意思，猛地纵身一跃，竟一下子从水中跃到了对岸。关键时刻，刘备靠着的卢马的神勇保住了性命。从那以后，他就更不相信的卢马会妨害主人的说法了，对这匹坐骑珍爱有加。

两小儿辩日

孔子是我国古代伟大的思想家和教育家，他创立的儒学至今仍备受推崇。按说像他这样的人应该是满腹学问，轻易不会被人问倒吧？但有一次，孔子却被两个小孩给问住了。

那天天气非常炎热，孔子跟他的学生们正在一个小山村旁的树林间休息，忽然看到不远处有两个十岁左右的小孩在争论。孔子很好奇，就走上前去问他们："小朋友，你们在争论什么呀？"

两个小孩抬头看了看孔子，一个孩子回答说："我们在争论太阳远近的问题。"

孔子笑道："那你们认为太阳是远还是近呢？"

一个小孩说："我认为太阳刚出来的时候离人比较近，到了中午就离我们远了。"

另一个小孩的观点正好相反，他说："我认为太阳刚出来的时候离人比较远，中午时离我们比较近。"

孔子很有兴趣地问道："你们能说说自己的理由吗？"

一个小孩说："太阳刚出来的时候，好像车的盖篷那么大；到了中午，它就只有盘子那么小了。这不正说明离我们远的看起来就小，离我们近的看起来就大吗？"

另一个小孩的理由也很充分："太阳刚出来时，感觉还有些凉；到了中午，就热得跟泡在热水里一样，难道不是凉的时候离得远，热的时候离得近吗？"

两个小孩不约而同地请博学多识的孔子来做"裁判"，判定谁是谁非。可这个看似简单的问题却把能言善辩的孔老先生也难住了。

两个小孩笑着说："人们都说你学识渊博，无所不知，原来你也有不知道的事呀！"

（据《列子》改编）

〔智慧启迪〕

宇宙无限，知识无穷。每个人的知识和能力都是有限的，即使像孔子这样博学的人也有不懂的学问。我们只有保持一颗谦虚好学的心，才能不断取得进步。

〔博闻馆〕 〰〰〰〰〰〰〰〰〰〰〰〰〰〰〰

圈内的已知与圈外的未知

一天，有一群孩子受邀参观爱因斯坦的家，在聊天中孩子们问他："您是不是懂得很多知识呢？"爱因斯坦说："不，有很多我不懂的。""那是为什么呢？您不是科学家吗？"

爱因斯坦笑了笑，拿起一支粉笔在黑板上画了一个圆圈。然后对孩子们说："这个圆圈内是我已经掌握的知识，圆圈外则是我未知的世界。我掌握的知识越多，这个圆圈的周长就越大，和外围未知世界接触的范围就越广，所以我不懂的东西就越多。"

在科学的世界里不断前行的爱因斯坦，正是看到了自己在"圆圈"外的空白，不断探索未知的世界，才最终走上了科学的巅峰。

以"偷"致富

　　齐国有一个姓国的人，家里很富有，而宋国有一个姓向的人，家里非常贫穷。姓向的人听说姓国的人很有钱，特地从宋国到齐国去，向姓国的人请教发财致富的方法。

　　姓国的人告诉他说："我之所以能够致富，只是因为我善于'偷'罢了。当年开始做盗贼时，第一年就能自己养活自己；第二年就有盈余；到了第三年就非常富裕了，我拥有了大片的土地、满仓的粮食，有能力接济周围的街坊邻居了。"

　　姓向的人听了非常高兴。回国以后，他便翻墙打洞，凡是手所能摸到的、眼睛所能看到的，无所不偷。没过多久，官府以盗窃罪把他抓走了。经过审讯，官府不仅追回了所有的赃物，还把他原有的财产也没收了。

　　姓向的人认为姓国的人骗了自己，便找上门去责怪他："你骗我！我去偷怎么就犯了法呢？"

　　姓国的人问："你是怎样偷的呀？"姓向的人把偷盗的经过告诉了他。

姓国的人说："唉，你根本没弄懂我说的'偷'的道理。都说天有四季变化，地有丰富物产，我偷的是这天时和地利呀！阳光、风雪、云雨能够滋润土地，山林沼泽里生长了无数的果木，栖息着种类繁多的禽鸟，我利用这些来种植我的庄稼。庄稼收获之后，我便修墙、建房。在地上，我'偷'飞禽走兽；在水里，我'偷'鱼、鳖等水产。风雪雨露、土地树木、飞禽走兽和鱼鳖都是自然界所拥有的，没有一件是属于我的。可是我偷了这些自然界的东西却不遭殃。然而金银珠宝、五谷布帛、钱财

货物，都是别人赚来的，没有一件是属于自然界的，你去偷这些东西当然会获罪了，那怪谁呢？”

（据《列子》改编）

〔智慧启迪〕 ～～～～～～～～～～～～～～～～

姓向的人只从词句的表面意义去理解问题，不去反思和认真体会姓国的人所说的话的内涵，导致误入歧途。这启示我们：只有辛勤的劳动加上灵活的头脑，才能创造出真正属于自己的财富。

杨布打狗

　　古时候，在一个小山村里面住着一户姓杨的人家。这户人家有两个儿子，大儿子叫杨朱，小儿子叫杨布，兄弟俩一边帮父母耕地、挑水，一边读书。弟弟杨布很喜欢穿白色的衣服。有一天，杨布照常穿着一身白色的干净衣服兴致勃勃地出门访友。走到半路上，突然下起了雨，这个时候他正在偏僻的山间小路上，前不着村后不着店，没有什么地方可以躲雨。杨布只好顶着大雨向前跑，等到了朋友家的时候，身上已经湿透了，白色的衣服也溅满了泥点，根本没法穿了。杨布只好脱掉湿透的衣服，向朋友借了一件黑色的外衣穿上。在朋友家吃过饭，又聊了很久，一直等到雨停后，杨布才告辞离开。

　　杨布回到家的时候，天已经完全黑了。他一推开门，他家的狗突然从门后窜了出来，朝他狂叫，还直起身子、龇着牙朝他扑来。杨布被突然扑过来的狗吓了一跳，他非常生气，一边躲闪，一边顺手拿起门边的一根木棒要打狗。这时杨朱听到人骂狗叫的声音，赶紧从屋里出来，夺了杨布手里的木棒，对

弟弟说：“你不要打狗啊！仔细想想看，你白天穿着一身白衣出去，回来时却换了一身黑色衣服，天又这么晚了，假若是你自己，你的狗跑出去时是白的，回来却成了黑的，你能一下子分辨清楚吗？这能怪狗吗？”

（据《列子》改编）

[智慧启迪]

人与人之间都有辨别不清、相互误解的时候，何况是狗呢？

当别人误会自己的时候，不要动怒发火，而应该从自己身上找原因，学会换位思考。

〔博闻馆〕 ～～～～～～～～～～～～～～

名字中的"狗"和"犬"

古人对外人称自己的儿子为"犬子"，表示谦虚。但实际上古人对狗十分喜爱，认为它们是富贵祥瑞的象征，经常喜欢给自己的孩子取带"狗"或"犬"的名字。比如西汉桃阳侯名"刘狗"；刘邦宠妃戚夫人的儿子叫作刘如意，小名为"犬儿"；东汉梁冀有个儿子封爵为襄邑侯，名字就叫"胡狗"；著名文学家司马相如的乳名就是"犬子"。

喜欢海鸥的人

　　从前，在东海岸边住着一个年轻人。他很喜欢海鸥，每天早上，他都会划船到海上去，跟海鸥一起玩耍，捕些鱼虾给海鸥吃，而且从来不伤害它们。时间一长，即使是多疑的海鸥也愿意亲近他。每当他出海的时候，总有一大群海鸥围绕在他身旁，有的在空中盘旋，有的甚至落在他的肩上、站在他的手上，自由自在地与年轻人嬉戏玩耍。

　　有一天，年轻人的父亲知道了这件事，就起了贪心，对他说："听大家说海鸥和你很要好，对你毫无戒备，那你明天就抓几只给我玩玩吧。"年轻人说："这还不简单！"

　　第二天，年轻人早早地划船出海，焦急地等待海鸥的到来。可是，那些海鸥似乎看出了他的别有用心，只是在他头上盘旋，却不肯落到他的身边。年轻人伸手一抓，海鸥就"呼"地一声全飞走了。

（据《列子》改编）

[智慧启迪]

　　诚信、良善才能换来友谊，背信弃义将永远失去朋友。诚信是一个社会的基础，为人处世以诚相待，才能赢得他人的尊重和信任。

〔博闻馆〕 ～～～～～～～～～～～～～～～～～

一扇奇妙的门

学校餐厅的门又被踢破了，管理员大为恼火，这扇门自打装上就没有一天不被踢。精力旺盛的孩子们总是一脚踹开门，再用脚关上门，完全无视旁边"请脚下留情"的标语。

这一天门又破了，管理员无计可施，找到校长说："我看干脆换成大铁门，看他们的脚硬还是门硬！"校长笑了笑说："放心吧，我已经订了最坚固的门。"

很快，旧门被卸下，装上了新门。这扇新门似乎很受欢迎，装上以后居然没有挨过一次踢。孩子们走到门口，总是不由自主地放慢脚步，用手慢慢推开，哪怕两手拿满东西，也会用身体轻轻推开。阳光随着门扉旋转，灿烂的金色洒在孩子们身上。穿门而过的时候，孩子们感到了爱与被爱的幸福。

竟然有如此神奇的门！管理员站在门边笑得很开心，"是呀！用信任打造的门怎么能不坚固呢？"——这是一道美观透亮的玻璃门，是基于信任的爱的大门。

校长的信任，让脆弱的玻璃门变成了最坚固的门。

向公鸡学说话

子禽是战国时期著名思想家墨翟(dí)的学生，他是一个很好学的学生。最近几天老有一个问题在他脑子里翻腾：怎样说话人们才爱听，才能听进去呢？脑袋都想疼了，他也没想出答案来，于是他决定去求教老师。

墨翟是一个很会启发学生的老师，他并没有直接回答子禽的问题，而是用生动的例子娓娓道来："你知道癞蛤蟆、青蛙和苍蝇说话的方式吧？无论白天还是夜晚，它们总是'咕咕''呱呱''嗡嗡'地叫个不停，不但自己口干舌燥，而且还没有人喜欢听，人们甚至讨厌它们。可是你再看看雄鸡，黎明时一声啼叫，就能把全天下的人都叫醒。这样看来，多说话能有什么好处呢？重要的是话要说得切合时宜。只有在该说话的时候说话，才有益处。"

(据《墨子》改编)

〔智慧启迪〕

　　喋喋不休，废话连篇，自己累得够呛，对方烦得要命，必然得不到好的沟通结果。所以说话不在于多少，而在于切合时宜，抓住关键。

〔博闻馆〕

约翰·爱伦的演讲艺术

美国南北战争之后，一个普通的士兵约翰·爱伦和内战英雄陶克将军同时竞选国会议员。陶克功勋卓著，曾任过三次国会议员，在一次竞选演讲时，他说："诸位同胞，记得就在十七年前的昨天晚上，我曾带兵与敌人激战，一番血战后，我十分疲倦，在山上的树丛里睡了一个晚上。如果大家没有忘记那次艰苦卓绝的战斗，请在选举中，也不要忘记那吃尽苦头、风餐露宿而屡建战功的人。"这几句精彩的发言唤起了选民对他的信任，竞选的天平眼看向他倾斜而去。

轮到约翰·爱伦发言时，他平静地说道："同胞们，陶克将军说得不错，他确实在那次战争中立了奇功。我当时是他手下的一个无名小卒，正在一线出生入死，冲锋陷阵。而当他在树丛中安睡时，我正携带着武器，站在荒野里，饱尝着寒风冷露，保护他的安全。"

论功绩、论资历，爱伦显然比不过将军，但是他却在演讲中一下子拉近了自己与选民的距离，最终取得了胜利。

捉蝉的学问

孔子是一位非常善于启发和引导学生的老师，他经常就地取材来教育学生。有一次，孔子带着学生前往楚国，途中遇到一位驼背老人。这位老人手拿一根顶端涂有树脂的竹竿在捕蝉，只见他一粘一个准。大家在一旁看得入了迷。

孔子问老人：“您捉蝉的本事可真大！这里边有什么奥妙吗？”

老人笑笑说：“如果一定要说奥妙，当然也是有的。蝉是很机灵的动物，一有动静，它就飞了。我刚开始怎么也粘不住，手里拿着的竹竿总是颤抖，竿子还没靠近蝉，它就飞走了。于是，我就苦练技术。”

“首先要练腕力，要练到手拿竹竿纹丝不动才行。等练到竹竿顶端能放两颗弹丸，弹丸不掉下来时，捉蝉就有一定的把握了。练到放三颗弹丸也不掉下来时，捉十只蝉顶多逃脱一只。练到放五颗弹丸而不掉下来时，捉蝉就跟伸手捡东西一样容易了。”

"接着，练习捕蝉的动作、站立的姿势。就像我这样，站着的时候，像纹丝不动的树干；手拿竹竿的胳膊，像树上伸出去的树枝，不颤不摇。"

"再有，就是要专心致志，心无旁骛（wù）。捉蝉的时候，天地万物都不能扰乱我的注意力，眼睛里看到的只是蝉的翅膀。练到这样的地步，还怕捉不到蝉吗？"

孔子听了以后大为感慨，教育学生说："听明白了没有？只有锲而不舍、勤学苦练，才能把本领练到出神入化的地步啊！"

（据《庄子》改编）

［智慧启迪］

捉蝉的经验同样适用于我们今天的学习生活。驼背老人的身体素质没有办法和一般人相比，但他在捕蝉这件事上的能力却远超一般人。最主要的原因就是他能专一、刻苦地干一件事。我们也要养成专心致志的好习惯，这样才能取得好的学习效果。

〔博闻馆〕 〜〜〜〜〜〜〜〜〜〜〜〜〜〜〜

顾盼有神的"死鱼眼"

眼睛是心灵的窗户，对于表演者来说，有一双传神的眼睛非常重要。然而京剧大师梅兰芳先生早年拜师的时候，老师却说他目光呆滞，是"死鱼眼""吃不了这碗饭"，索性打发他回家了。但是梅兰芳毫不气馁，他养了鸽子、金鱼，决心苦练眼神。每天清晨一起来，他的双目就紧紧追随一群群盘旋在空中的鸽子；或者紧盯着水底游来游去的金鱼，看清它们的每次振翅、摆尾。日复一日，年复一年，终于，京剧舞台上出现了一双炯炯放光、顾盼有神的眼睛。这双眼睛幻化出了醉眼睨（nì）斜的杨贵妃、脉脉含情的白素贞、飒爽英姿的穆桂英等神采各异的美妙形象。梅兰芳将"死鱼眼"练得风情万种，靠的就是自己坚韧不拔的刻苦努力和日积月累、水滴石穿的功力。

东野稷败马

鲁庄公为了振兴国家，决定在全国招揽有才能的士人，他让大臣向全国的百姓宣布：无论什么人，只要有过人的才能，都可以到国都来自荐。

有个叫东野稷（jì）的人擅长驾驶马车，技术高超，从来没有出过错。听说鲁庄公的告示之后，东野稷很兴奋地想："驾车技术好也是一项不错的技能呀，无论平时还是战争中，都有我的用武之地。"

于是他来到国都向鲁庄公自荐，庄公就让他当场演示一下驾车的本领。东野稷自信满满地登上一驾马车，非常熟练地行驶起来。只见那马车一会儿向前进，一会儿向后退，车轮压出的痕迹都是笔直的；然后又一会儿向左，一会儿向右，拐弯时压出的车痕都像是圆规画出来的一样。

东野稷演示完毕，驾着马车回到鲁庄公面前，庄公激动地连连拍手，大声地称赞他："太厉害了，这样高超娴熟的技艺正是国家所需要的！"

东野稷非常得意，向庄公说："这不算什么，我的技术还没完全发挥出来呢！"

庄公听了更加高兴："那就加大难度，驾车连续转一百个圆圈，你能做到吗？"

东野稷拍拍胸脯，大声回答："没问题！"然后就回到马车上，开始绕着场转圈，而且速度越来越快，让人惊叹不已。

这时候颜阖（hé）进见鲁庄公，正好看见东野稷驾着马车在快速地转圈，连忙向庄公说："东野稷的马车肯定要翻倒了，您还是命令他停下吧。"庄公假装没听见，不理会他。

过了一会儿，东野稷的马车越跑越快，突然之间竟翻了过去。鲁庄公便问颜阖："他的技术那么高，你怎么知道他会翻车呢？"

颜阖说："驾车的马都快没力气了，他还强求它拼命奔跑，不翻车才怪呢！"

（据《庄子》改编）

〔智慧启迪〕

任何事物都有一个限度，我们在做事情的时候要量力而行，决不可超过"度"的范围。东野稷的马之所以翻倒，便是因为他的要求超过了马的体力所能承受的限度。

〔博闻馆〕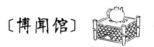 ～～～～～～～～～～～～

杰米扬的汤

杰米扬十分好客。有一天，邻居菲卡登门拜访，杰米扬非常高兴，亲自下厨做了最拿手的鱼汤来招待他。他做的鱼汤鲜美可口，营养丰富，菲卡喝了第一碗，感到非常满意。杰米扬劝他喝第二碗，第二碗下肚，菲卡说："好邻居，我已经撑得不行了。汤都到喉咙口啦！"可杰米扬没有觉察，仍然一个劲儿地"劝汤"，"没关系，再来一碗吧！这鱼汤是我专门为你做的，特别香"，"哪怕再来上一勺也行啊"……就这样菲卡喝下了第三碗、第四碗，终于他忍无可忍了，丢下碗慌慌张张地逃回了家，再也没有登过杰米扬的家门。

这是俄国作家克雷洛夫写的著名寓言。

无用的绝技

古时候有个叫朱泙（píng）漫的小伙子，自以为很聪明，总想学一种特殊的本领。有一天，他听说一个叫支离益的人会杀龙，听完他眼睛都亮了：这可是世上绝无仅有的本领呀！于是他立刻变卖了全部家产，携带重金不远千里去拜支离益为师，想要学习杀龙的技术。

过了三年，朱泙漫学成回乡了。乡亲们问他学到了什么手艺，他就得意扬扬地告诉大家："我拜杀龙专家支离益为师，学会了专门杀龙的绝技。"顺便表演给大家看——怎样按住龙头，怎样骑上龙身，怎样把刀插入龙颈……

正在他说得兴高采烈的时候，一位老人问他："小伙子，你的本事这么大，可是你上哪儿去杀龙呢？"

"啊！"朱泙漫像被迎头浇了一盆凉水一样，这才醒悟过来：世界上根本没有龙，自己学的这一身绝技毫无用处啊！

（据《庄子》改编）

〔智慧启迪〕

无论多好的技能或技术都必须适应实际情况，如果脱离了实际，那么再好的技术在现实生活中也毫无用武之地。

〔博闻馆〕

哲学家与船夫的对话

一位哲学家要到对岸去，于是上了一艘小渔船，划船的船夫年龄很大。船上只有他们俩，哲学家便与船夫聊了起来："老先生，您学过哲学吗？"

船夫回答道："哎呀，抱歉，先生，我没有学过哲学。"

哲学家摊开双手说："那太遗憾了，您相当于失去了50%的生命呀。"

过了一会儿，哲学家又说："老先生，您学过数学吗？"

船夫更自卑了，说："对不起先生，我没有学过数学。"

哲学家接着说："哎呀，太遗憾了，那您等于失去了80%的生命。"

就在这个时候，突然一个巨浪把船打翻了，两个人同时落入了水中，船夫看着哲学家费劲地在挣扎，就说："先生，您学过游泳吗？"

哲学家说："我没有学过游泳。"

船夫无奈地说："哎呀，那真抱歉，您将失去100%的生命了。"

蜗牛触角上的战争

战国时期，魏惠王因为齐威王违背了盟约，所以想要发兵攻打齐国。身为国相的惠施派有才华的戴晋人去劝说魏惠王停止发兵。戴晋人一见魏惠王就问了他一个问题："有一种名叫蜗牛的小动物，君王您知道吗？"

魏惠王点点头说："知道呀。"

戴晋人又说："在蜗牛小小的触角上有两个国家，左边的是触国，右边的是蛮国。两个国家经常为了争地盘发生战争，每次战争结束后都尸横遍野。战胜国为了打垮败军，常常要追击半个多月才能回来。"

魏惠王不相信他："哼，谎话连篇！"

戴晋人忙说："我可以为您证明这件事。您想象一下，这天地之间无比广阔的宇宙有边界吗？"

魏惠王说："没有。"

戴晋人又说："您的心神能够在无边无际的天地之中任意

遨游，但是一回到现实，您能够到达的地方却只限于四海九州之内。拿现实的有限与想象的无穷相比，岂不是若有若无，微不足道吗？"

魏惠王点点头说："你说的对。"

戴晋人说："魏国只是疆域广大的国家之中的一个，有魏国才有魏王。魏王与蛮氏，有什么区别吗？"

魏惠王想了想说："好像没什么区别。"

戴晋人走了以后，魏惠王情绪很低落，一副若有所失的模样。

（据《庄子》改编）

〔智慧启迪〕

在浩瀚无边的宇宙之中，人类如同居住在蜗牛的触角上一样渺小，若是为了微小的国土而征战不休，践踏生命，这不是很可悲吗？人们常常以为很重大的事情换一个角度看，便微若尘粒。

〔博闻馆〕

微观世界

古人有许多形容微小的说法，比如"蜗角"，就是蜗牛的角，十分细小。这个词还形成了许多成语，比如"蜗角虚名""蜗角之争""蜗角蚊睫""蜗角蝇头"等。"蚊睫"，顾名思义，指的是蚊虫的睫毛，有个成语是"虫巢蚊睫"，《晏子春秋》中说东海有一种小虫子，住在蚊虫的睫毛里，它们即使在蚊虫眨眼的时候飞行，也不会受到影响，渔夫们称之为"焦冥"。"蝇头"指的是苍蝇的头，成语"蝇头微利"便是用来比喻非常小的利润。

远水解不了近渴

庄子家里很穷，已经有好几天没吃饭了，他只好到监河侯那里借粮食。监河侯这个人既吝啬又狡猾，他对庄子说："好！等我从老百姓那儿收到租税以后，再借给你三百两黄金，怎么样？"

庄子听了他的话，气得脸色煞白，说道："我昨天到这里来的路上，突然听到喊救命的声音。找了半天，才在泥泞路上的车轮沟里看到了一条鲫鱼。这条鲫鱼正大张着嘴喘气呢。

于是我就问它：'鲫鱼啊，你为什么要呼救啊？'

鲫鱼说：'我是东海海神的臣子。没想到今天落在这条干枯的车轮沟里。你能给一升半斗凉水，救我一命吗？'

我就说：'好啊，我将要到南方去拜见吴、越两国的国王，请他们把西江的水引过来救你，怎么样？'

鲫鱼气坏了，它说：'我正在生死存亡的关头，仅仅要一瓢凉水，就能让我活命，而现在你却说了这么一大堆不解决实际问题的废话。与其这么说，不如干脆到咸鱼摊上去找我吧！'"

（据《庄子》改编）

〔智慧启迪〕 ～～～～～～～～～～～～～～～～

当别人有困难的时候，要诚心诚意尽自己的力量去帮助，决不能只说大话，开空头支票。这就是所谓"远水解不了近渴"的道理。在面对具体的事情时，要分轻重缓急。

〔博闻馆〕 ～～～～～～～～～～～～～～～～

不愿做官的庄子

庄子一生穷困潦倒，他不是没有机会做官，过荣华富贵的生活，而是不愿做官。庄子的才能闻名遐迩，楚王听说了庄子的才干，就派了两名使臣带着重金去聘他当宰相，对于送上门来的高官，庄子只是悠然地坐在濮水边，漫不经心地反问二位使者："我听说楚国有一只神龟，死的时候已经三千岁了，大王用锦缎将它包好放在竹匣中，珍藏在宗庙的殿堂上。你们说，这只神龟是宁愿死去而留下骨骸以显示尊贵呢？还是宁愿活下来拖着尾巴在泥水中爬行呢？"两位使者不假思索地回答说："当然是在泥水里活着好了。"庄子说："那你们走吧！我也愿意像一只普通的乌龟在烂泥里摇尾巴那样，安安稳稳、自由自在地生活。"

妙用防冻药

宋国有个人善于制作防止皮肤冻裂的药，他的家族靠着祖传秘方，世世代代以漂洗丝絮为业。

一名外乡人路过这里，听说竟然有这种神奇的药，顿时眼睛一亮，他找到这家人，表示愿意用一百两黄金买他们的秘方。药主人又意外又兴奋，连忙召集家族的人商议这件事情。

他激动得两手颤抖，说："咱们祖祖辈辈都靠给别人漂洗

丝絮赚钱，又苦又累还赚得少，今天光这个药方就值一百两黄金，一百两啊！我们多少年都赚不来，为什么不卖给他呢？"听他说完后，其他的人也都立即举手赞同。一百两黄金对他们来说实在太诱人了。

这个外乡人得到秘方后，立即返回吴国，将这种药献给了吴王，并说："今后我们的将士在寒冷的冬天打仗时，再也不用为冻手犯难了。"不久，越国大军压境，吴国告急，吴王任命这个人统率大军。此时正值严冬，吴越两军进行水战，吴军将士涂抹了不会冻手的药，战斗力特别旺盛，大败越军。吴王大喜过望，犒赏三军，还大大地奖赏了献药的人，赐给他一片国土。

同样是不冻手的药，宋国人世世代代用来漂洗丝絮，始终没有发财；而外乡人献给吴国用来作战，却可以战胜敌国，得到封疆裂土的恩赐。

（据《庄子》改编）

〔智慧启迪〕

同样的东西用在不同的地方，其效果大不一样。我们要善于发现每个事物的最大价值，并加以充分利用。

〔博闻馆〕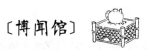

沉香木的价值

从前，有一位年轻人到山里采集沉香木，积存了很久，才收集到一车。拉回家后，送到集市上去卖，因为价钱太贵，始终无人问津。

又过了一些日子，这车沉香木还没有卖掉，他很苦恼。看到那些卖炭的生意很好，他心里就想：不如把这沉香木烧成炭，必定会很快卖掉！

于是，他把沉香木全部烧成炭送到集市上去卖，结果很快就卖光了，但除去烧沉香木的费用，他得到的钱还抵不上半车木炭的价钱。有深知沉香价值的老者，听说此事后忍不住流下了眼泪。原来，只要切下一块沉香木磨成粉，价值就超过了一车的木炭。

珍贵的沉香烧成炭，连木炭都不如。东西用错了地方，价值自然大大降低。

朝三暮四

　　战国时期，宋国有个老头儿很喜欢猴子，于是在家里养了大大小小一群猴子。老头儿与猴子们相处的时间长了，慢慢了解了猴子的脾气秉性，猴子们也能听懂他说的话。老头儿更加喜欢它们了，将许多好吃的都留给猴子们。

　　有一年大旱，庄稼收成大减，老头儿家里的余粮也不多，但是他宁愿减少全家的口粮，也要让猴子们吃饱。不过猴子太多了，眼看着家里的存粮一天比一天少，已经难以维持到新粮入库的时候了。老头儿实在没办法，只好想了个限制猴子口粮的办法，他向猴子们宣布："从今天早饭起，你们只能吃栗子，而且还要定量，早上三个，晚上四个，怎么样，够了吧？"猴子们只弄懂了老头儿说的"早上三个"，觉得少了，一个个都龇牙咧嘴，上蹿下跳，露出很不满意的神色。老头儿见猴子嫌少，一脸很为难的样子，思考良久后又重新宣布："既然你们嫌少，那就早上四个，晚上三个，这样总够了吧？"猴子们听说早上从三个变成了四个，都以为是增加了栗子的数量，一个个摇头摆尾，咧着大嘴直乐。

（据《庄子》改编）

〔智慧启迪〕

早上三个、晚上四个变为早上四个、晚上三个，总数并没有增加，猴子却不懂，以为吃的东西增多了。这告诉我们要善于透过现象看清本质，不要被不同的形式迷惑。

〔博闻馆〕

五十步笑百步

魏惠王一直为治国的问题而苦恼，他决定向孟子请教，于是他跟孟子说："我可是一个勤政爱民的君主啊。国家天灾不断，有时候河内年成不好，我就把河内的灾民移到河东去，把河东的粮食调到河内来。等到河东荒年的时候，我也同样设法救灾。周围其他国家的君主做得都没有我好。可是，邻国的百姓并没有大量逃跑，我国的百姓也没有明显增加，这到底是什么原因呢？"

孟子没有直接回答魏惠王的问题，而是打了一个比方，说："大王喜欢打仗，我就拿打仗做比吧。战场上，战鼓一响，双方的士兵就刀对刀、枪对枪地打起来。打败的一方免不了会丢盔弃甲,飞奔逃命。假如一个士兵跑得快,跑了一百步,另一个士兵跑得慢,只跑了五十步。跑了五十步的士兵却去嘲笑跑了一百步的士兵是贪生怕死,您觉得这样对吗?"

魏惠王说:"当然不对。他只不过没有逃到一百步罢了,但同样也是逃跑啊!"

孟子说:"大王既然懂得这个道理,就不要企盼您的百姓比邻国多了。您虽然爱百姓,可您却喜欢打仗,而不致力于农业发展,百姓实际上还是在遭殃。这与五十步笑百步是同样的道理啊。"

鲁侯养鸟

很久以前，人们对自然的认识还比较有限。许多物种他们都没有见过，所以偶尔见到时就会觉得很珍贵。东周时的鲁国离大海比较远，生活在那里的人们大都没有见过海是什么样子的，自然也就很少有机会见到生活在海边的鸟了。

有一天，一只海鸟飞到了鲁国都城附近，它飞了一路非常疲劳，只想停下来歇歇脚，顺便看看自己飞到了什么地方。可是，光顾着察看地形的海鸟，却被一个猎人捉到了。猎人从来没有见过这种鸟，自己也不敢养，就把它献给了鲁侯。

鲁侯也没见过这种鸟，看到它的羽毛整齐光鲜，双翅拍打有力，眼睛很有精神，觉得这一定就是传说中的神鸟。他马上召见大臣商议此事，大臣们乐于恭维国君，都说它在鲁国出现是老天爷降下的祥瑞，说明鲁侯为政治国有方，是个贤明的君主。鲁侯听了很得意，决定把这只鸟好好供养起来，等外国使臣觐见时，就领他们观赏它，向天下人宣扬自己的贤德。

回到宫里，鲁侯想：折腾了这么大半天，神鸟一定已经饿了，这么尊贵的客人，可不能用一般养鸟的法子招待，否则把它惹恼了，拍拍翅膀一飞，我的如意算盘可就落空了。既然是老天爷照顾我，那我就把它养在太庙里吧。于是鲁侯马上传令，在太庙里安排牛、羊、猪全套的大宴，召集宫廷乐队演奏《九韶》助兴，亲自陪海鸟"吃饭"。海鸟平时很少见到这么多人，这次不慎被抓住，又被放在这么大的排场里，一下子懵了，不知道这些人葫芦里卖的什么药，它双目昏花，心情悲伤，一点东西也不敢吃，一点水也不敢喝。三天后，这只可怜的海鸟就活活地饿死了。

（据《庄子》改编）

〔智慧启迪〕

鲁侯用自己认为的最好的方式招待海鸟，根本不管海鸟的固有习性，难怪会好心办坏事。这个故事启示我们，不管做什么，都要遵循事物的规律，不能只凭主观愿望行事，否则好事也会变坏事。

〔博闻馆〕 〰〰〰〰〰〰〰〰〰〰〰〰〰

鹿群离不开狼群

为了保护公园里的鹿，美国黄石国家公园曾经把公园里所有的狼都捕杀了。过了一段时间，他们发现了一个奇怪的现象，鹿的数量不但没有像预想的那样稳步增长，反而有所减少，而且更严重的是，瘟疫开始在鹿群中蔓延。经过研究之后人们才恍然大悟，被狼吃掉的大多是老弱伤病的鹿，狼群消失后，优胜劣汰的自然法则失去了效力，鹿群的整体素质就降低了，稍有一点病菌感染，便很容易引发大规模的疾病。重新引入狼群之后，鹿群的情况才慢慢好转。所以，即使出发点是好的，也要注意根据客观规律选择恰当的方法，否则可能会好心办坏事。

井底之蛙

有一口报废的浅井，由于长期弃之不用，风吹日晒，已经有些坍塌破败了，井里的水只有浅浅的一圈，井壁上长满了湿滑的青苔。一只青蛙从出生起就生活在这里，它觉得井里有水有食，大可自给自足，又没有各种天敌，所以就把这口井当成了金不换的安乐窝。

有一天，青蛙吃饱喝足，蹲在井沿上透气，发现一只老鳖缓缓地爬过。它很少有机会见到这种动物，就热情地上去打招呼。聊了几句，青蛙才知道这只鳖是从东海来的，于是它请远道而来的客人到自己的家里歇歇脚。老鳖从没到过井里，倒有几分好奇，就问青蛙："你的家有什么特别的吗？"青蛙自豪地说："我实在是太喜欢我家了，家里吃穿不愁、冬暖夏凉。闷了可以到井栏上运动一下，累了可以去井壁上的砖瓦缺口里找个舒服的地方美美地睡上一觉。每天可以清水泡澡，还能来个当下时兴的养生泥浴。这个地方简直就是为我量身定做的世外桃源啊！"

　　老鳖被它说得十分心动，当真想下去体验一把，不料左脚还没全迈进去，右腿膝盖已经被井口卡住了，差点弄得进退两难。小心翼翼地退出来之后，它围着井沿转了好几圈也没想到解决办法，只好作罢。老鳖说："谢谢你的邀请，作为回报，我也给你讲讲我的家吧。东海的广阔用千里为单位都无法度量，它的深度用万仞也不足以形容。大禹统治天下的时候，十年里有九年发大水，东海的海面也没见上涨；商汤统治的时候，八年里有七年大旱，海平面也没见下落。时间本来是能改变一切的魔术师，在大海面前，它也无法施展魔力了。生活在东海才是最大的乐趣啊！"青蛙听完，吃惊地待在那里，不禁感到些许茫然。

（据《庄子》改编）

〔智慧启迪〕

　　先天的成长环境是我们无法选择的，但是我们不能因此被动地接受命运的安排。像故事里的青蛙一样安于现状，不去主动了解未知的世界，最终只会使自己的见识越来越浅薄。

〔博闻馆〕 ～～～～～～～～～～～～～～～

闭眼居世界的后果

　　清乾隆五十八年（1793），英国派使者马戛尔尼到中国访问。在进京觐见皇帝时，马戛尔尼向乾隆提议中国开放一定的口岸城市，用于两国通商并减免税收，以达到互通有无、互利共赢的目的。但在乾隆看来，大清就是天下的中心，外国都是些偏远的蛮夷之地，因此觉得这一提议十分可笑，毫不掩饰地回绝道："我大清国物产丰饶，所需物品都可以自己生产，根本不需要与你们进行贸易。"47年后，鸦片战争用事实逼着中国人开始认识到中国与西方的巨大差距。

望洋兴叹

相传很久以前，黄河里有一位河神，人们叫他河伯。

秋天到了，大大小小的河流都奔流入黄河。黄河河水暴涨，波涛汹涌，淹没了河里的沙丘和岸边的洼地，河面陡然变宽。隔水远望，连河对岸的牛马也分辨不清了。

河伯望着滚滚的浪涛由西而来，又奔腾跳跃向东流去，非

常兴奋："黄河真大呀，这世界上肯定没有哪条河能和它相比了。我是全世界最大的水神啊！"

这时另一个小河神打断了他的话："你说的不对，黄河的东面有个地方叫北海，那才是真正的大呢！汪洋恣肆，不见边际。"

河伯马上反驳道："我才不信呢，北海再大，能大得过黄河吗？"

"等你有机会去到北海，就会相信我说的话了。"小河神无奈地走开了。

河伯将信将疑，决定亲自到北海去看看。他顺水流来到黄河的入海口，突然眼前一亮，只见北海汪洋一片，无边无涯。他呆呆地看了一会儿，才深有感触地对北海之神北海若说："俗话说，有些人只有一点儿见识就以为自己无人能比，这不就是在说我吗？之前别的河神告诉我北海的广阔，我还不相信。今天要不是亲眼见到这浩瀚无边的北海，我还一直以为黄河是天下第一呢！那样，我恐怕要被有见识的人永远嘲笑了！"

（据《庄子》改编）

〔智慧启迪〕

这则寓言告诉我们，做人要有自知之明，不可狂妄自大。要知道，世界是无限的，人们对世界的认知却是有限的。我们要保持谦虚的态度，始终保有学习的热情和探究的欲望。

〔博闻馆〕

气鼓鼓的青蛙妈妈

一头牛正在田里吃草，不小心把脚踏到了一群小青蛙当中，把其中的一只踩死了。剩下的小青蛙立即跑回家去，把这个可怕的消息告诉了青蛙妈妈。

"妈妈，"它们对青蛙妈妈说："踩死哥哥的是一只我们从来没有见过的四脚怪兽，它像山一样高。"

"哼！有什么稀奇的？我也可以变得和它一样大。"青蛙妈妈说着开始鼓气，肚子慢慢地膨胀起来。"它是这么大吗？"过了一会儿青蛙妈妈问。

"不，比这大多了。"小青蛙回答。

"那么，有这么大吗？"青蛙妈妈说着把身体胀得更大了。

小青蛙说："妈妈，别再鼓气了，即使你胀破了肚皮，也不会变到它那么大。"

青蛙妈妈不服气，它鼓足了气，想把自己变得再大一些，哪里知道"砰"的一声，把自己的肚皮胀破了。

画鬼最易

春秋时期有一个很高明的画家，这天他被请来为齐王画像。画像过程中，齐王问画家："比较起来，什么东西最难画呢？"

画家回答说："正在活动的狗和马，都是最难画的，我也画得不怎么好。"

齐王又问道："那什么东西最容易画呢？"

画家说："画鬼最容易。"

"为什么呢？"

"因为狗和马人们都很熟悉，它们经常出现在人们的眼前，只要画错哪怕一点点，都会被人发现而指出毛病，所以难画。特别是动态中的狗和马更难画，因为既有形又不定形。至于鬼呢，谁也没见过，没有确定的形体，也没有明确的相貌，那就可以随意发挥，想怎么画就怎么画。画出来后，谁也不能证明它不像鬼，所以画鬼是最容易的，不费什么神。"

（据《韩非子》改编）

［智慧启迪］

　　胡编乱造是极其简单的事，真正认识客观事物，并恰如其分地表现它，就不是一件容易的事了。所以在画家眼中，越是平常普通的事物才越难画得精彩。我们在生活中遇到的事大都如马、狗一样是现实存在的，因此做事时要用心，讲求客观规律，实事求是。

〔博闻馆〕

白石老人的"绝艺"

我国著名的画家齐白石擅长画各种常见的动物，例如他画的虾，形神兼备，生动有趣，被人称为"绝艺"。他画过一幅《多虾图》，许许多多的草虾丛集在一起，疏密有致，多而不乱。每只虾都躯干透明，薄壳下好像有生命在跃动，虾须颤颤，似乎要跳出纸面。有人问齐白石画画的"秘诀"是什么？他笑着回答说："要每日作画，不让一日闲过！"

白石老人从15岁起开始学画，不论三九严寒，还是盛夏酷暑，他都坚持每天挥毫作画，从不停止，直至逝世。他常常从清晨就开始作画，不知不觉画到太阳落山。白石老人还手扶拐杖，经常在清早和傍晚，到乡间田野去观察草丛中昆虫的跳跃、池塘里鱼虾的游动。他甚至把虾养在金鱼缸里，每天仔细察看，反复琢磨。他说："余画虾数十年始得其神。"80岁以后，他画的虾更加栩栩如生，获得了中外人士的一致赞赏。

荆棘尖上刻母猴

燕国的国君喜欢细致精巧的东西，他不惜重金到处搜求各种新奇的珍玩。

有个卫国人听说了燕王的这一爱好，眼珠一转，计上心来。他跑到燕国的都城去求见燕王，自称是个雕刻大师，能够雕刻出世界上最小的东西。

燕王听了大臣的汇报后很是好奇，就召见那个卫国人，问他："世界上最小的东西？那你说说你能雕刻出什么来呢？"卫国人拍着胸脯，很自信地回答："我能在荆棘的尖儿上雕刻出活灵活现的母猴！"

燕王一听大为惊讶，虽说自己收集了各种各样的珍玩，可还没有见过雕在棘刺上的猴子呢。于是，燕王立刻赏给卫国人大批财物，并将他供养在身边。

过了几天，燕王想看看这个卫国人雕刻的成果。卫国人一副十分严肃的表情，告诉燕王："棘刺上的猴子可是神物，大王您要想看的话，必须遵守两个条件：第一，半年之内不能进后宫与后妃欢聚；第二，不许喝酒吃肉。除此之外，还得选一个雨过天晴的日子，在半明半暗的光线中，才能看到我在棘刺尖儿上雕刻的猴子。"燕王一听这些条件没法照办，只能继续用锦衣玉食把这个卫国人供养在宫里。

　　有个铁匠听说了这件事情，觉得其中有诈，于是就给燕王出了个主意："大王，我是专门制作刀具的，无论用什么雕刻东西，都需要锋利的刻刀，而且雕刻的东西一定要比刻刀的刀刃大。如果棘刺的尖儿细到容不下最小的刀刃，那就没法在上面雕刻。请您先检查一下那位工匠的刻刀吧，这样就可以知道他有没有撒谎了！"

　　燕王一听，如梦方醒，立即把那个卫国人找来，问道："你在棘刺尖儿上雕刻猴子，用的是什么工具？"

　　卫国人回答："用的刻刀。"

　　燕王说："我一时半会儿看不到你刻的猴子，想先看看你的刻刀。"

　　卫国人一听就慌了神，借口说到住处去取刻刀，趁机溜出宫门逃跑了。

（据《韩非子》改编）

〔智慧启迪〕 ～～～～～～～～～～～～～～～～

这则寓言讽刺了那些不学无术、只靠投机取巧为生的人。不管他们如何花言巧语、虚张声势，终有被人识破的一天。

〔博闻馆〕 ～～～～～～～～～～～～～～～～

微雕艺术的发展

铁匠通过实际经验揭穿了卫人的骗局，只是谁能想到几千年后，人们确实可以凭借极细的刻刀和放大镜、显微镜，在头发丝上进行雕刻呢？

唐代的雕刻家能在一根象牙笔杆上雕刻"将士行军图"，明代常熟的王叔远曾在桃核上雕刻出苏轼等乘船游赤壁的故事，而清朝一位艺人在一粒芝麻上刻出"万寿无疆"四字为乾隆庆寿。微雕艺术发展到今天，更是登峰造极，我国微雕大师杨大可就能在一根头发上刻出"天下为公"四个遒劲有力的行书，还能将《清明上河图》雕刻在长15.5厘米、宽0.7厘米的象牙条上，使人叹为观止。

郑人买履

郑国有个人非常死板。一天，他的鞋子破了，打算去集市上买双新的。担心买的鞋大小不合适，他就先在家用一根小绳量了自己脚的长短尺寸，并标记在了绳子上，然后就出门买鞋去了。

这个郑国人走了十几里路才到了集市，集市上卖鞋的商贩还真不少，郑国人左挑右选，终于在一个摊子上看到了一双自己觉得满意的鞋子。他一手拿过鞋子，一手去兜里掏绳子。掏半天也没掏到绳子。

这时，他才想起来绳子放在家里座位上了。"坏了！把绳子忘在家里了！"郑国人又气又急，赶紧放下鞋子就往回跑。卖鞋的人很奇怪，这人要买鞋子也不试试，怎么就走了？

郑国人急急忙忙返回家中，拿了小绳又匆匆赶往集市。他紧赶慢赶，等到了集市，太阳都快下山了。"老板！老板！"他看到卖鞋的人正在收摊儿，赶紧跑过去，"我把量脚的绳子带来了，拿双黑色的布鞋给我看看。"

卖鞋的人哭笑不得："还黑色的鞋呢，你没看我全都卖光了吗?"听到鞋卖光了,又想到自己忙活了一天不仅没买到鞋,脚上的鞋也更破了,郑国人感到非常沮丧,一下子瘫坐在地上。

卖鞋的人问他:"你用自己的脚试试新鞋合适不合适不就行了嘛,为什么还要跑回去拿绳子呀?"郑国人一脸严肃地说:"我宁愿相信量好的尺码,也不相信自己的脚。"

(据《韩非子》改编)

〔智慧启迪〕

这则寓言告诉我们,遇事要学会灵活变通,不要死守教条。我们在生活中,无论是说话、做事,还是思考问题,都要从实际出发,不能死守教条,或者只从书本出发。

〔博闻馆〕

懂得变通的小和尚

某个寺院的方丈带着一大一小两个和尚在修行。一天,方丈派遣二人去指定的地方布施,并给了他们一些财物。师兄弟便匆匆上路了，行至中途突逢大雨，二人依旧不停地赶路。不料，一条大河拦住了他们的去路，河面上的桥已被洪水冲塌，河中也没有任何船只过往。师兄坚持带着财物返回寺院，师弟则坚持就地布施，二人只好各行其道。

大和尚带着财物原路返回，一进寺院就去见方丈，并禀报了途中的遭遇。方丈双眼紧闭，只是低低地"哦"了一声，便打发他去休息了。

几天后，小和尚布施完回到寺院，方丈见到他便问：

"你布施完了吗？"小和尚双手合十，恭恭敬敬地回答："师傅，弟子已完成布施。"方丈继续追问："那你去哪儿布施的呢？是不是我指定的地方？"

小和尚并没有直接解释，而是答说："弟子布施的地方不是师傅指定的地方，但遵照师傅的意愿，我已把所带财物布施给了最需要帮助的人。"方丈非常满意小和尚的回答，不久就让小和尚做了寺院的方丈。

小和尚并没有遵照师傅指定的地点布施，但他却达到了最根本的目的：布施给最需要的人。这种灵活的变通力和对佛法真正的领悟，正是师傅将方丈之位传给他的原因。

知人不易

　　孔子带着弟子周游列国时，很多国家的君主对他们并不热情，加上人多路远，经济上难免有捉襟见肘的时候。当他们走到陈国和蔡国交界处时，已经穷困到连野菜汤都喝不上的地步，大家连着七天都没有吃到一粒米了，实在没有力气了，只好在路边躺下休息。

　　但是老这么躺着也不是办法，颜回不忍心眼睁睁地看着老师和同学们被饥饿折磨，就硬撑着站起来到周围去找吃的。天无绝人之路，没走太远，他就找到了一户人家，主人听他说得可怜，慷慨解囊，给了他一小袋大米，还借给他一个煮饭的小罐子。路上捡了些树枝，颜回便欢天喜地地回去为大家生火煮饭了。

　　当饭快要煮熟时，孔子看到颜回伸手从罐子里舀了一勺自己吃了，暗自奇怪。一会儿饭熟了，颜回来请孔子吃饭，孔子并没有直接问他刚才是怎么回事，而是缓缓地坐起身来，对颜回说："我刚才做梦梦到了已经去世的父亲，他说让我找点干净的食品给他上供。这些饭得来不易，我看就直接盛上一碗做供品好了。"已经用过的饭是不能祭奠的，否则就是对先人的不尊重。颜回马上说："老师，恐怕不行啊。刚才我煮饭时，看到有柴灰飞到了瓦罐中，我把被弄脏的饭粒挑出来之后，觉得丢掉不太好，就自己吃掉了。"

孔子这才弄清楚刚才是怎么回事，长叹一声，说："我刚才看到你自己先吃了一勺饭，还以为是你实在太饿了。人们常说眼见为实，现在看来亲眼看到的也不一定就可信。自己亲眼看到、心中仔细推敲尚且不能保证没有差错，可见认识一个人的真面目是多么不容易啊！"

（据《吕氏春秋》改编）

〔智慧启迪〕

以孔圣人的观察力和思考力，尚且有认识出现偏差的时候，更不要说我们这些凡人了。因此，不要一味地相信自己的所见和判断。广泛调查，深入研究，实事求是，才能少犯错误。

〔博闻馆〕 〰〰〰〰〰〰〰〰〰〰〰〰〰

杨广的"简朴"表象

隋炀帝杨广非常奢侈荒淫，但是他却曾经靠制造简朴的假象，蒙蔽了自己的父亲隋文帝杨坚，夺得了太子之位。杨坚素性简朴，不喜欢奢华铺张和寻欢作乐，杨广就故意不穿华丽的衣服，把家里的珍奇宝物都收起来，从不陈列。家里的奴婢佣人也都穿最普通的粗布衣服，厨房里从来不做山珍海味，就连家里的琴弦也弄断了，以显示自己无意于丝竹之乐。杨坚来到杨广家，亲眼看到这些细节后，满心以为这个儿子最有出息，一定能担当大任。于是将太子废掉，换成了杨广。不过隋炀帝继位后表现出的奢侈告诉了所有的人，当初自己只是在表面文章上做足了功夫，骗过了父亲而已。

楚人偷渡

　　春秋时期，楚国和宋国争霸。楚国人想要先发制人，对宋国发起突然袭击。不过要偷袭的话，必须要先渡过两国之间的濉（yōng）水才行。为了偷渡濉水，楚国人想了个办法，事先派人逐段测量了濉水的深度，选择了一处最浅的、方便行动的河段，并且在这些河段做好了标志用以引导军队渡河。

　　到了行动那天夜晚，楚国军队依照计划悄悄来到岸边，可是一下水才发现此地的水流又深又急，和事先测量好的情况完全不一样，根本没法渡河，这是怎么回事呢？

　　原来就在行动的那天傍晚，上游下了大雨，导致濉水突然猛涨。楚国人并不知道这件事，依然在深夜按照他们事先设置好的标志行动，结果士兵们一下水才发现情况不对，纷纷挣扎着要游上岸，可是水流湍急，加之深夜天色漆黑，濉水中人喊马嘶，一片混乱，结果被洪水卷走和淹死了一千多人。楚军惊恐万状，侥幸上岸的士兵纷纷大骂制订计划的人不注意观察情况的变化，结果害了大家。这次偷渡行动也彻底失败了。

（据《吕氏春秋》改编）

〔智慧启迪〕

要想达到预定的目的，除了事先做好计划外，还要学会随情况的变化调整方案，这样才能跟上客观事物的发展变化。如果一味地照原计划执行，不能发现新变化，不研究新情况，就会导致楚人偷渡那样的败局。

〔博闻馆〕

淘金者

三个法国人威廉、约克和李维相约去淘金，他们到达目的地后，看到的是比金子还多的淘金者。面对这种情况，威廉还是去淘金了，最终劳苦而穷困地生活着；约克发现了废弃沙土中的银，就去冶炼银子了，很快成了当地少有的富翁；李维改卖耐磨的淘金者穿的帆布裤，并加以改造，创造了我们今天流行的牛仔裤，还创立了自己的品牌Levi's。

高阳应造屋

从前有一个叫高阳应的人，十分擅长诡辩，总喜欢强词夺理把别人驳倒。一次，他想要盖个新房子，就雇了一个木匠为他干活。他总觉得木匠干活慢，就不停地催木匠加快进度。

木匠回答说："快不了啊，刚刚砍下来的木料还没有干透，如果这时候把湿泥抹在木料上，潮湿的水分会使木料腐朽，房屋结构不牢。在这样的基础上盖房子，虽然刚盖成的时候挺像样，但是过不了多久就会倒塌的。"高阳应说什么也不信，他眼睛一转，反驳道："按照你的说法，这房子反而会越来越结实呢！因为日子一久，原本潮湿的木料会越来越干硬，而湿泥也会越来越干、越来越轻。用越来越硬的木料去承受越来越轻的泥土，这房子怎么可能倒塌呢？"

高阳应的诡辩把木匠噎得无言以对，木匠就赌气开工盖起了房子。房子建成之后，虽然外表看起来很结实，但随着时间的推移，果然如木匠所说的那样，因为梁木变形，房子最终坍塌了。

（据《吕氏春秋》改编）

〔智慧启迪〕 ～～～～～～～～～～～

这则寓言告诫我们，做任何事情，都必须尊重客观规律。如果违背客观规律就会受到它的惩罚。客观规律是无法改变的，我们只有在充分认识了解它的基础上，顺应客观规律，才能做成事情。

〔博闻馆〕 ～～～～～～～～～～～

比比谁的能量大

北风与太阳为谁的能量大而争论不休。后来，他们想出了一个裁决的办法：谁能使行人脱下衣服，谁就胜利了。

北风一出场就猛烈地刮着，见路上的行人都紧紧裹住自己的衣服，北风非常生气，于是刮得更猛了。行人冷得瑟瑟发抖，不仅没脱衣服，反而穿上了更多的衣服。

太阳出场时，一下子释放了它的全部热量。行人觉得特别暖和，开始一件件地脱衣服，后来觉得实在太热了，干脆脱个精光，跳到小河里洗澡去了。

不遵循客观规律、盲目蛮干的北风自然失败了。

澄子丢掉夹衣后

　　宋国有个人叫澄子，爱占小便宜，经常蛮不讲理，人们都很讨厌他。有一天他早早出门去走亲戚，走着走着觉得太热了，就把套在外面的一件黑色夹衣脱下来拿在手里。

　　等澄子快到亲戚家时，突然发现手里的夹衣不见了。这件夹衣可是自己刚买的，澄子非常心疼，他顾不上亲戚家已经摆好的酒席，急忙返回去沿着来时的路寻找。他的眼睛都快瞪出来了，可还是没有找到那件衣服。澄子满心懊恼，一边走一边琢磨怎么才能把这个损失补回来。

　　这时候恰好迎面走来一位身穿黑色衣服的妇人，澄子不由分说将她一把抓住，他一边用力扯那个妇人的衣服，一边狠狠地瞪着她："我说怎么找不着刚丢的衣服呢，原来被你捡到了，还敢穿在自己身上！"

　　光天化日竟然有人拦路抢劫，那妇人被澄子吓得面无血色、浑身发抖，等听到原来是以为自己捡了他的衣服，妇人才松了口气，连忙解释道："这件衣服是我的，我亲手纺的线、织的布、裁的衣。你看我穿着长短大小正合身, 您比我高这么多, 肯定穿不上。这件不是您丢的那件呀!"

妇人哪知道澄子就是想强抢呀, 他根本不管这些证据, 气势汹汹地说:"我丢的可是一件夹衣, 你身上穿的是单衣, 你用一件单衣来抵我的夹衣, 你这不是还占了便宜吗?"

（据《吕氏春秋》改编）

〔智慧启迪〕 ～～～～～～～～～～～～～～～

这则寓言讽刺了那些为了获取利益, 蛮不讲理、巧取豪夺的人。其实不论如何狡诈诡辩, 事实总归是不能被歪曲的。

凿井得人

宋国有一户丁姓人家，家里没有井，可是做饭、洗漱、浇地等事情都要用水，他家只好专门派大儿子每天到村外去挑水。日子久了，大儿子不干了，向丁父哭诉道："父亲啊，家里每天要用那么多水，光靠我一个人挑，实在太累了。"丁父也觉得这样做太占用人力了，家里能干活的人手本来就少。

于是丁父率领全家人在院子里打了一口井，井打好后，用水方便了许多。丁父非常高兴，逢人便说："我家凿了一口井，等于得了一个人呀。"

本来是很简单的一句话，谁知道三传两传便走了样，大家都神秘兮兮地低声谈论这件事情，"哎，你听说了没有？丁家凿井挖出一个活人来了。""怎么没听说，我邻居的姐姐的外甥亲眼看到了，穿得破破烂烂，好像在地下埋了好几年似的。"谣言越传越奇，越奇越传，最后竟然传到宋国国君的耳朵里。

国君觉得这件事有些蹊跷，就派官吏到丁家调查。丁父惊讶地说："我说的是凿了一口井，等于得了一个劳动力，不是说从井里挖出一个活人来呀！"

（据《吕氏春秋》改编）

〔**智慧启迪**〕

不能轻信他人的传言，不可人云亦云，听风就是雨，而要多方面进行考察，并以事实为依据，才能做出正确的判断。

〔博闻馆〕

庞葱与太子质于邯郸

《韩非子》里曾记载过这样一个故事：魏国大臣庞葱将要陪伴魏国太子到赵国做人质。在临行前，庞葱对魏王说："要是现在有个人跑来说，热闹的街上出现了一只老虎，大王您相不相信？"

"不信！"魏王立刻答道。

"如果同时有两个人跑来说，热闹的街上有一只老虎，您相信吗？"庞葱又问。

"我会怀疑。"魏王回答道。

"那要是三个人异口同声地说街上有只老虎，您会相信吗？"庞葱接着问。

魏王说："我相信了。"

庞葱借此劝谏魏王："街市上不会有老虎，这是很明显的事。可是经过三个人一说，好像真的有了老虎。现在赵国国都邯郸离魏国国都大梁，比这里的街市远了许多，议论我的人又不止三个，希望大王明察。"

魏王道："不用担心，我自然明白这个道理。"

于是庞葱告辞而去，毁谤他的话很快传到魏王那里。后来太子结束了人质的生活，庞葱果真不能再见魏王了。"众口铄金，积毁销骨"，即使之前庞葱提醒过魏王，仍然抵不过流言的力量。

疑人偷斧

古时候，乡下有个人去山上砍柴，下山的时候不小心把斧子忘在山上了。过了几天，这个人要用斧子，才发现斧子不见了。

"我明明把斧子放在家里了，怎么好端端就不见了！"这人很生气，"斧子可没有长翅膀，肯定有人偷走了。"他想了一会

儿，怀疑是邻居家的儿子偷的。到底是不是邻居家的儿子偷了呢？没有证据不能乱讲，于是他就暗暗地观察那个孩子。

　　他看那个孩子走路的姿势畏畏缩缩，像是偷了斧子的样子；他仔细观察那个孩子的神色，目光躲躲闪闪，也像是偷了斧子一样；他又听那个孩子说话的语气，吞吞吐吐，更像是偷了斧子的样子。总之，在他的眼睛里，那个孩子的一举一动都像是偷斧子的人。

　　这样过了几天，他几乎能肯定是邻居家孩子偷了自己的斧子。然而，他又一次上山采摘的时候发现了自己丢的那把斧子。等到第二天，他再看邻居家那个孩子，摸摸自己的脑袋想：奇怪啊！怎么一举一动丝毫都不像偷过斧子的样子了呢？

（据《吕氏春秋》改编）

　　〔智慧启迪〕

　　这则寓言告诉我们，主观臆断是人们形成正确认识的大敌。准确的判断来源于对客观事实的调查，而不是凭空猜想。

〔博闻馆〕

对同一张照片的不同评价

苏联社会心理学家包达列夫曾经做过一个实验。他向两组大学生出示了同一个人的照片。在出示前，向第1组同学说，即将出示的照片上的人是个罪大恶极的罪犯；向第2组同学说，他是个大科学家。然后让两组同学用文字描绘照片上人的相貌和特点。

令人惊讶的是，两组同学所做出的评价截然相反，第1组的评价是：深陷的双眼显示出他内心的仇恨，突出的下巴证明他沿着犯罪的道路走到底的决心等。第2组的评价是：深陷的双眼表明思想的深度，突出的下巴表明在认识的道路上克服困难的意志力等。

由此可见，人们一旦心里有了主观的猜想，在实际生活中就会做出相应的判断。两组同学所做出的截然相反的评价，正是由于包达列夫之前给他们的暗示造成的。他们心里已经有了猜测，结果自然出人意料，这与文中丢斧子的人不是很相似吗？

婴儿不会游泳

春江水暖，阳光明媚，一条小河蜿蜒流过村庄。村中有个老人正在河边散步，远远地就看到一个身着褐衣的高大男子怀中抱了一个婴儿，站在河沿上。仔细一看，却是那个男子想要把婴儿扔到河里去，婴儿吓得大声啼哭。

这位老人赶紧走上前去，指着那个男子问他到底怎么回事。那男子一点儿都不慌张，镇静地说："我想把他放到水里去，让他自己游泳。"老人感到十分诧异，怎么会有如此荒唐的想法？便质问："这么小的婴儿，还不会说话，不会走路，怎么会游泳呢？别说游泳了，你把他一放进水里，恐怕这婴儿就没命了。"那男子仍然是一副满不在乎的样子，说："这个孩子的父亲非常擅长游泳，所以孩子的水性一定也很好，把他扔到河里，他肯定能自己游泳的。"

听了男子的一番话，老人更是气坏了，指着他的鼻子大声说："太荒谬了！他的父亲擅长游泳，孩子就一定也擅长吗？那你的父亲擅长什么？"男子回答说："木工活。"老人又问："那你也会吗？"男子理直气壮地回答说："那当然。"老人说："你生下来就擅长做木工吗？"男子说："当然不会，我是长大后跟随父亲学的。"

老人说："这就对了，你父亲擅长木工，是自己后天学成的。而你擅长木工也不是天生的，是后来学会的。同样的道理，你怎么能要求这个婴儿生下来就像他父亲一样会游泳呢？像你这样办事情，真是太不靠谱了！"

那人羞愧地低下头，抱着婴儿离开了。

（据《吕氏春秋》改编）

[智慧启迪]

这个故事告诉我们：知识与技能是无法遗传的，本领的获得要靠后天的刻苦学习。处理事情要从实际出发，对象不同，处理方式也应有所改变。

〔博闻馆〕 〰〰〰〰〰〰〰〰〰

古人的游泳运动

出于战争、劳动和娱乐的目的，古人很早就有游泳这种运动。古时的游泳主要有三种形式：涉，指在浅水中行走；浮，指在水中漂浮；没（mò），指在水下潜泳。而至唐代又发展出一种特殊的游泳活动——弄潮，诗人李益在《江南曲》中说："早知潮有讯，嫁与弄潮儿。"这说明弄潮活动在当时很受年轻少女的喜爱。到了宋代，弄潮又有了极大发展，成为民间最受欢迎的娱乐表演。南宋建都临安（今杭州），每年八月的钱塘江大潮是天下奇观，每逢大潮期，临安居民倾城而出，沿江搭建观潮彩棚。数百弄潮健儿，有的手执彩旗，有的脚踏木板，都迎潮而上，搏浪嬉戏，各显神通。有许多诗词都描述了他们的矫健不凡，如北宋诗人潘阆作词《酒泉子·长忆观潮》："长忆观潮，满郭人争江上望。来疑沧海尽成空，万面鼓声中。弄潮儿向涛头立，手把红旗旗不湿。别来几向梦中看，梦觉尚心寒。"

南橘北枳

晏子作为齐国大使，准备出使楚国，深化两国友好关系。齐国从姜太公封国时起就一直很受诸侯的尊敬。楚国是后起之秀，很想给齐国来个下马威。楚王听说齐国的大使是晏子，知道他能言善辩，便同大臣商议了一个羞辱晏子的计策。

当天晚上是楚王为齐国使者准备的欢迎晚宴，水陆杂陈，丝竹并奏，气氛十分热烈。推杯换盏，酒过数巡，宾主正喝得高兴时，两个小官押着一个五花大绑的人走到了楚王面前。楚王挥手止住了正在演奏的音乐，故意提高了嗓音问："你们为什么把这个人绑起来？他犯了什么错误吗？"手下人答道："大王，这个人从齐国来，因为犯了盗窃罪被我们抓了起来，他不是楚国人，我们不敢擅自处置。"楚王用挑衅的目光看着晏子，说："哎呀，大使先生，最近我们抓到了好几个齐国的盗窃犯，您说这偷东西是不是齐国人的一项特长啊？"周围的楚国人听了哄堂大笑，跟晏子一起出使的齐国人脸都涨得通红，却找不到合适的话来反驳。

晏子不慌不忙，从座位上站了起来，说道："大王，我听说，生长在南方的橘子树可以结出橘子，而生长在北方的就只能结出枳（zhǐ）子。虽然它们的叶子很像，但是结出的果实的味道却相差甚远。这是什么原因呢？恐怕是与它们生长的水土有关吧。像今天这个人，他在齐国长大，这么多年一直都没有偷过东西，但是到了你们楚国，就开始偷盗，难道不正说明了楚国的水土风气更容易培养盗贼吗？"楚王被晏子说得哑口无言，在场的齐国人无不拍手称快。

（据《晏子春秋》改编）

[智慧启迪]

水土不同，物产不同，人也如此，晏子正是利用这一点巧妙地化被动为主动。像楚王那样不怀好意刁难别人的人，往往自取其辱。

烛邹丢了爱鸟

　　烛邹是齐国最会养鸟的人，他专门为齐景公养鸟。一天，烛邹喂完鸟后，忘记关笼子了，结果齐景公最喜欢的一只鸟飞走了。

　　齐景公听说后非常生气，马上让人把烛邹抓到自己面前。烛邹本来就因为弄丢了鸟儿战战兢兢，现在看到齐景公发怒的样子，更害怕了，一下子跪倒在地上，瑟瑟发抖。

　　齐景公指着烛邹大声吼道："你太让我失望了，竟然弄丢了我最心爱的鸟，简直罪该处死！"

　　这时晏子走了进来，对齐景公说："烛邹罪孽深重，犯了三条大罪，请您允许我说明白他所犯的罪行，然后再杀他。"齐景公点头同意。

　　晏子大声地说道："烛邹，你专门负责掌管我们君主的爱鸟，却让鸟飞了，这是你的第一条死罪；现在，又让我们的君主因为一只鸟杀人，这是你的第二条死罪；等到以后别的诸侯国听说了这件事，认为我们的君主看重鸟却轻视士人，这是你的第三条死罪！"说完后，晏子转身对齐景公说："烛邹的罪已经

说得很清楚了,请您下令杀了他吧。"

　　齐景公连忙摆手说:"别杀了,别杀了,寡人听你的就是了。"

(据《晏子春秋》改编)

　　[智慧启迪]

　　良药不一定苦口,忠言不一定逆耳,劝阻他人也要讲究方法,有时候避其锋芒,委婉劝说,反而会事半功倍。

〔博闻馆〕 ～～～～～～～～～～～

公子锄是如何劝重耳的?

当年重耳流亡时, 卫国对他非常无礼。等他回到晋国当上晋文公之后, 重耳便领兵出发准备攻打卫国。

重耳一意孤行, 根本听不进大臣的劝谏。如何阻止这场战争呢? 大臣公子锄思索了很久, 想出了一个进言的方法。君臣会面时, 公子锄突然仰天大笑, 晋文公奇怪地问他为何发笑。公子锄回答说:"臣是笑我的邻居啊! 他送妻子回娘家时, 在路上碰到了一个采桑女。顿时起了爱慕之心, 便按耐不住去和采桑女搭讪。可是当他回头看自己的妻子时, 发现竟然也有人正勾引她, 这可是他万万没有想到的。"晋文公听后, 恍然大悟:"恐怕在我打算进攻卫国的时候, 正有别的国家对我们晋国虎视眈眈呢!"于是晋文公放弃了进攻卫国的念头。就在他班师回国的时候, 果然接到敌人入侵晋国北部的消息, 晋文公迅速领军北上, 击退了敌军。

公子锄并没有犯言直谏, 而是采用委婉曲折的方式, 让晋文公自觉地取消了攻打卫国的行动。

金钩桂饵

　　鲁国有个人很喜欢钓鱼，而且他的嗜好不同于其他钓鱼人的。别人钓鱼是享受等待的过程、鱼儿咬钩的瞬间和收获的喜悦，他觉得单单靠这些不能显示出自己对钓鱼的强烈喜爱。于是他挖空心思，想了很长时间，才找到了一个好办法，决定在垂钓的器具和方式上下功夫。

　　主意一定，他就忙着往鱼竿店和奢侈品店跑，先是买了一根上好的鱼竿，然后买来了各种珍稀的原材料，接着动手大规模地改造这根鱼竿。他将翡翠鸟那蓝绿相间的羽毛搓成细线，做成钓竿的鱼线，鱼线的末端拴上请工匠用黄金锻造的钓钩，上面还装饰着雪亮的银丝和青白色的宝石，又用香喷喷的桂树皮做成鱼饵，挂在钓钩上。经过这番改造，整个钓竿显得精致而气派。

　　挑了个风和日丽的好日子，这个人便背上自己心爱的鱼竿出发了。走到池塘边，刚拿出钓竿，他就被周围垂钓的人包围了，大家都称赞这根鱼竿的华贵，这个人更加得意了。于是他信心

十足地绕着池塘转了一大圈，找了个最好的位置，摆出一副最专业的姿势，开始钓鱼。

　　过了一会儿，没有鱼上钩。他觉得是地方选得不好，换了个地方，仍然半天没动静。很多人要看他钓了多少鱼，他越紧张就越钓不上来。一上午过去了，只见周围的人竿起竿落，带来的鱼篓里已经装满了大大小小、活蹦乱跳的鱼，但是这位钓竿、位置、姿势都最讲究的人却依然两手空空。他怎么也想不通，自己明明做足了准备工作，为何还不如一般人呢?

(据《阙子》改编)

〔智慧启迪〕～～～～～～～～～～～～～～～～～～

　　金钩桂饵，工具不可谓不精美，但是这个人却恰恰忽略了最重要的钓鱼原则——耐心和真正的技术。做事情如果只注重表面的形式而不依靠真才实学，是很难成功的。

〔博闻馆〕～～～～～～～～～～～～～～～～～～

银样镴枪头

　　在生活中，人们常常把那些徒有其表的人叫作"银样镴(là)枪头"。镴是一种锡铅合金，就是我们常说的焊锡，遇热后变软，可以用黏合。用镴做的长枪头看上去好像是银子做的，寒光闪闪，似乎十分锋利，但实际用起来却因为硬度不够，根本经不起考验。《西厢记》第四本第二折红娘骂张生："你原来苗而不秀，呸! 你是个银样镴枪头。"正是指责他看上去一表人才，实际上却能力有限。

齐宣王射箭

　　战国时齐国有个国君叫齐宣王，他非常喜欢射箭，虽然水平不高，却尤其喜欢听别人夸他能拉硬弓。

　　齐宣王身边的人都摸透了他的脾气，每次他拉弓射箭的时候，周围总是一片喝彩声。无数的赞美把齐宣王捧得晕晕乎乎，根本不知道自己的真实水平，真的以为自己是后羿再世了。

有一天，齐宣王为了展示自己的水平，故意让周围的随从和大臣挨个儿试拉他的弓。他的弓实际上不过三石（约合现在一百八十斤）的力，其他人却装模作样地讨好他。有的才拉开一小半，就又是鼓胸脯，又是喘粗气；有的拉开一半，就连连伸胳膊蹬腿，说是闪了肩膀扭了腰。大家都异口同声地说："大王的弓恐怕没有九石的力是拉不开的。除了大王您，没有人能拉得开这张弓了。"齐宣王听了十分得意。

齐宣王使用的不过是三石力的弓，可他却一辈子都以为自己用的是九石力的弓。

（据《尹文子》改编）

〔智慧启迪〕

齐宣王明明只能拉开三石力的弓，手下人却说是九石力的弓，捧得齐宣王自己也以为就是这么回事，一辈子都活在谎言之中。为什么会这样呢？除了齐宣王周围曲意逢迎的小人之外，最重要的是齐宣王自己爱听悦耳的奉承话。寓言告诉我们，只有实事求是、敢于听真话实话的人，才能不断超越自己，有所成就。

〔博闻馆〕

制弓的"六材"

还记得"后羿射日"的传说吗？在遥远的古代，后羿能用弓箭射下天上的九个太阳，可见弓箭在古代是多么强大的武器。弓是弓箭中最重要的部分，那么，古人是如何制作弓的呢？春秋时期的《考工记》中有详细的记载，制弓需要"六材"，即干、角、筋、胶、丝、漆。"干"用以制作弓臂的主体，南方人多用竹子，而北方则用坚硬的木材；"角"贴在弓臂的内侧（腹部），用动物的角制成；"筋"贴在弓臂的外侧，用牛筋制成；"胶"用来黏合干材和角筋；"丝"就是丝线，用它将缚角被筋的弓管紧密地缠在一起；"漆"是用来涂在弓臂上，防止潮气等侵蚀。这"六材"质量的好坏对弓的制作起着非常重要的作用。

鹊巢扶枝

喜鹊是一种很聪明的鸟，每当人们有喜事来临时，它们就叽叽喳喳地祝贺，因此得到大众的喜爱。不光是喜事，据说连坏天气它们都能预测得到。不过，就是这么聪明的鸟儿，也做过蠢事呢。

喜鹊爸爸带着一家人住在高高的大树上，冬天还没过去的时候，它就预料到今年夏秋季节一定多风，猛烈的大风会把自己的巢吹下来的。

"有这种预测天气的本事真好呀，可以提前预防一下呀！"喜鹊爸爸得意扬扬地想。一家人商量之后，便开始行动起来，它们忙碌了好几天，终于把自己的家从树顶上搬到了下面的树枝上。

大风果然来临，喜鹊的巢却安然无恙，大家都纷纷称赞喜鹊爸爸的英明决定。但是谁知道却招来了别的灾难，原来鹊巢离地面太近了，大人经过这里的时候，伸手就把小喜鹊摸走了；小孩子更调皮，常常用竹竿挑窝里的鹊蛋。

（据《淮南子》改编）

〔智慧启迪〕

　　喜鹊的遭遇告诉我们，做事情应该全面地分析判断，考虑周全，不能只看到有利的一面，而忽视了有害的一面。同时，眼光也要放远一点，既要考虑当下，也要想到将来。要防备远患，也要谨记提防近难。

〔博闻馆〕

鹊的美好寓意

喜鹊又称喜鸟、灵鸟等，是我们传统文化中的吉祥之鸟，象征着幸福和好运的降临。"喜鹊登枝头""喜鹊登梅"等都是象征吉祥的图画。喜鹊名字的由来也很有意思。据说古时候喜鹊因为黑色的羽毛被叫作黑鸟，但是它喜欢在冬季的蜡梅树上栖息，人们又经常在腊月里办婚事，所以觉得称它"黑鸟"不吉利，就取了"腊"字的半边配上"鸟"字成了"鹊"，取名为"喜鹊"。

此外，在中国的民间传说中，每年的七夕，人间所有的喜鹊都会飞上天河，搭起一座鹊桥，帮助分离的牛郎和织女相会。因而在中华文化中，鹊桥成了幸福和爱情的象征。

螳螂捕蝉，黄雀在后

盛夏的早晨，园子里鲜花怒放，百鸟争鸣。这时有一只知了爬上高高的树枝，拉着长声，尽情地歌唱："知了，知了，我是一只帅气的知了，我有最大的嗓门，还有最亮的盔甲……"等唱累了，它就吮吸几口露水，接着再唱。

螳螂头上顶着一片树叶做伪装，一边耻笑知了的自大无知，一边探头窥视，悄悄地朝它爬去。怡然自得的知了根本没有发觉，身后有一只螳螂正在向它逼近。

正当螳螂蹑手蹑脚，全神贯注，举着镰刀似的前脚，准备偷袭知了的时候，它身后有一只黄雀已经盯住了它肥肥的身体。"哼，小样儿，以为披个马甲我就认不出你来了！"

螳螂觉得知了唱歌唱累了，抓住时机举刀向它猛砍。知了被击中，吓得吱吱直叫，闪亮的盔甲没有保护好它。正当螳螂在为自己的胜利高兴时，黄雀伸着脖子，扑扇着翅膀，向它猛扑而来。显然，它的树叶马甲根本起不到什么作用。

不过黄雀也没有注意到，树下有一张弹弓已经瞄准了它。

（据《说苑》改编）

〔智慧启迪〕

这则寓言告诫我们，在考虑问题、处理事情时，要通盘谋划，既要看到眼前的利益，也不能忘了身后的祸患。

〔博闻馆〕 〜〜〜〜〜〜〜〜〜〜〜〜〜〜〜〜〜

如何规劝吴王？

春秋时期，吴国国王准备攻打楚国，却遭到大臣的反对，他们集体劝阻吴王说："楚国现在正处于强盛时期，千万不能和它交战。况且越国对我国觊觎（jìyú）已久，望大王三思而行。"吴王一心想称霸，在召见群臣时，他怒恼地拔出宝剑厉声说："我已经决心进攻楚国，谁敢劝阻就处死谁！"

尽管如此，还是有人想阻止吴王出兵。王宫中一个青年侍卫知道自己身份卑微，想要规劝吴王必定难上加难，他便想出一个好办法：每天早晨，他拿着弹弓、弹丸在王宫后花园转来转去。吴王很奇怪，便问他为什么这样做，这个侍卫便将"螳螂捕蝉，黄雀在后"的故事说给吴王听，并委婉劝谏道："这三个东西，都极力想要得到它们眼前的利益，却没有考虑到它们身后隐伏的祸患。"

吴王听后沉默良久，最终放弃了进攻楚国的打算。

改弯烟囱，搬走柴草

从前有一户人家新盖了一所房子，新房落成之后这家人宴请亲戚乡邻，庆贺乔迁之喜。很多人都称赞房子盖得好，以后主人家一定会大富大贵，儿孙满堂。只有一位客人把主人拉到一边，悄悄地说："我注意到了一个很严重的问题，你们家做饭用的炉子的烟囱是直的，没有拐弯，你们家的柴草又正好堆放

在炉子边上，如果有火星掉在上面，很容易引起火灾。我建议你把烟囱拐个弯，再把柴草移到离炉灶远一些的地方，这样会安全很多。"主人嫌他讲话不吉利，并没有放在心上。

没过多久，这户人家果然失火了。所幸当时正值白天，火情被及早发现，周围的乡亲纷纷跑来救火，新建起来的房子才没有被烧成一片废墟。

大火过后，这户人家为了感谢邻里乡亲的慷慨相助，杀了家里养的牛，又买了十几坛好酒，请大家到家里吃饭。宴席开始的时候，主人把因为救火而烧掉了头发和烧伤了身体的人让到了上座，其他的人也都按照救火功劳的大小依次确定了位子。这时，有人说："如果你当初听了那位客人的话，也不用破费摆酒席，房屋也不会被烧坏。你把救火的人都请来了，为什么不请那个提出忠告的人呢？"主人这才醒悟过来，赶紧去邀请那位客人。

（据《说苑》改编）

〔智慧启迪〕

出事之后的援助是十分可贵的，当然应该表示感谢。但是与之相比，及早发现隐患，并提出预防措施的人则更为难得。故事里的主人不但在事前没有重视防患于未然的意见，而且事后也没有意识到这种善意提醒的价值，确是糊涂之人。

〔博闻馆〕

扁鹊拒当"天下第一神医"

扁鹊是战国时期齐国著名的神医，不但在本国有很高的地位，而且声名远播，很多其他国家的人有了疑难病症，都会不远千里地跑到齐国请他治疗。有一次齐王想封他为"天下第一神医"，扁鹊说什么也不接受。齐王很奇怪，问他为什么，扁鹊回答说："我的医术跟两个哥哥比起来差远了，实在是当不起这个名号。我二哥在人只有微小的症状时就可以准确诊治，我大哥看人一眼就知道是否健康，哪里有疾病的隐患。他们之所以没什么名气，不过是因为从来不会让疾病发展到难以治疗的程度。人们只觉得他们治的都是些小毛病，哪里知道这才是医生的最高境界啊！像我这样靠治疗疑难险病而获得的名声，实在是没法跟他们相提并论。"

爱抱怨的猫头鹰

村子西边的一棵大树上住着一只猫头鹰，它是捕鼠能手，给村里人帮了许多忙。但是村里人还是不喜欢它，因为一到晚上人们要睡觉的时候，它就"咕咕喵"地叫个不停，声音嘶哑，十分难听，吵得人睡不着觉。而且大家都不敢经过那棵树下，怕猫头鹰给他们带来厄运。

猫头鹰为此非常苦恼，它已经搬过很多次家了，实在厌倦了不停地搬迁。这天，猫头鹰正在窝里飞进飞出，嘴里还叼着东西，看起来十分忙碌。住在它旁边大树上的邻居斑鸠飞了过来，看见猫头鹰那副又疲惫又沮丧的样子，奇怪地问："猫头鹰大哥，您在忙什么呢？"

"搬家！我再也不想住在这儿了，一定要搬！"

"往哪儿搬呢？"

"村东。"

"您不是刚搬来吗？住得挺好的，为什么要搬走呢？"

"这边的人都讨厌我的叫声，我实在住不下去了，想搬到东边去。"

　　斑鸠笑了笑，很诚恳地说："大哥，依我看，人们讨厌您是因为您的声音太难听了。所以最重要的是您得把叫声改得悦耳一点，或者干脆夜里就别叫了，要不，别说搬到东边，搬到哪儿也招人讨厌！"

（据《说苑》改编）

[智慧启迪]

　　猫头鹰不去思考别人讨厌它的原因，只顾抱怨别人，自然只能不停地搬家。与人相处时，与其抱怨别人，不如鼓起勇气正视自己的不足，不断改正缺点，从而逐渐改变他人对自己的看法。

〔博闻馆〕

能正视自己缺点的马拉多纳

马拉多纳是世界著名的球星，很多孩子仰望他，如同仰望太阳一般，但是他却说："告诉孩子们，让他们崇拜有学问的人，不要崇拜我。我只读过小学，只读过小学的人是一头驴子。"马拉多纳虽是足球明星，但他并不觉得自己无人可比。他知道自己在球场上的优势和地位，也可以坦然地面对自己的缺点——学问不足。

《伊索寓言》里说：普罗米修斯创造了人，又在每人脖子上挂了两只口袋，一只装别人的缺点，一只装自己的缺点。人们把装别人缺点的口袋挂在胸前，却把装自己缺点的口袋挂在背后，因此人们总是能够很快地看见别人的缺点，却总看不到自己的缺点。

千金买马首

　　战国时期，燕国曾经被齐国打败。燕昭王即位以后，想招贤纳才，振兴国家，于是他向郭隗（wěi）请教招揽人才的办法。郭隗就对燕昭王讲了一个故事。

　　古时候有一个国君，勤政爱民，他没有别的嗜好，只是非常喜欢马，尤其是千里马。国君宣布愿意出千金的高价买一匹千里马，但千里马非常稀少，可遇而不可求，买了三年也没能买到。国君非常忧愁，他的随从不忍每天看着国君伤心，便对他说："请您允许我去寻找千里马吧，我一定会完成这件事的。"国君听后非常高兴，给了他一千两黄金让他找千里马去了。

　　随从带着黄金到处询问哪里有千里马，整整过了三个月，才听说某地有一匹千里马。他立即向那里赶去，谁知道等他到的时候，这匹千里马已经老死了。怎么办呢？随从经过再三考虑，最终决定花五百两金子买下这匹死马的脑袋，带回国都，献给国君。国君发现是一颗死马的脑袋，立刻勃然大怒："我要的是能够日行千里的骏马，你却买回来一个死马的脑袋，还白白扔掉了五百两的金子。你居心何在？戏弄君王的大罪你可担当得起？"只见随从不慌不忙地跪下，胸有成竹地向国君说："请您息怒。千里马非常难求，没有十分的诚意，是没有人肯卖的。现在国君您连死去的千里马的脑袋都肯用五百两黄金购买，那活的马就更不用说了。相信您访求千里马的诚意一定会很快传遍天下。过不了多久，就会有人把千里马送到您的身边了。"果然，不到一年的时间，各地就送来了好几匹千里马。

讲完这个故事后，郭隗说："如果现在大王真的想要罗致人才，就请先从我开始吧。天下贤士看到像我这样才疏学浅的人都能受到大王的尊重，水平比我高的能人就会不远千里来投奔大王了。"

（据《战国策》改编）

〔智慧启迪〕

这则故事告诉我们，只有真心实意地重视人才，拿出实际行动，才会招揽到有真才实学的能人。

〔博闻馆〕

"黄金台"招贤才

文中的燕昭王受到启发，采纳了郭隗的建议，拜郭隗为师，为他建造了一座华丽的宫殿，请他住在里边。宫殿还堆放了许多黄金，供贤才使用，后人称为"黄金台"。由此吸引了众多的人才，比如魏国的军事家乐毅，齐国的阴阳家邹衍，还有赵国的游说家剧辛等。落后的燕国一下子便人才济济了。从此以后，一个内乱外祸、满目疮痍的弱国，逐渐成为一个富裕兴旺的强国。后人多用"黄金台"比喻重视人才，招贤纳士。

骥伏盐车

从前有一匹千里马，年轻时叱咤风云，跟随主人出生入死，立下了赫赫战功。随着年龄的增长，它的骨骼开始松动，力量逐渐衰弱，气血也不再像当年那样旺盛。本以为主人能看在它曾经屡立战功的面子上，留它在家里颐养天年，没想到主人把它卖给了卖盐的小贩。新主人爱财如命，把老马买到手后，舍不得在它身上花钱，让它住在四处漏风的旧马圈里，给它吃次等的草料，但每天的工作却总是排得满满的。

这一天，小贩装了满满一大车盐，从家里出发翻过陡峭的太行山去山那边的市场赶集。老马精神抖擞，想要展示一下自己当年的威风给小贩看，让他知道自己不是普通的老马。无奈盐车太重，平时营养太差，心有余而力不足，老马努力拉车，却被一块大石头绊倒了，被车子拖着摔出几米远。这一下把老马的膝盖摔得失去了知觉，蹄子也扭伤了，身上被磨得血迹斑斑。老马挣扎着想站起来，四条嶙峋的瘦腿却怎么也支撑不起并没有多少斤重的身体。主人见它把一车盐洒得到处都是，怒气冲冲地跑过来，扬起手里的皮鞭劈头盖脸地就打，一边打还一边骂："花了我这么多钱，还指望你多干点活赶紧挣回来呢，你居然这么没用！"老马又羞又怒，挣扎着站了起来，却怎么也爬不上面前的土坡。炎炎烈日之下，老马身上的汗水和血水混杂在一起不停地往地上滴。

　　这时伯乐驾着马车经过，看到这个场景，他马上勒马下车，抱住老马的脖子嚎啕大哭起来，他一边解下自己的外衣，撕成布条给它包扎伤口，一边还不住地痛骂盐商把这么好的一匹马折磨成了这个样子。老马看到有人这么疼惜它，非常感动，觉得自己遇到了知己，抬起头来仰天长啸。那声音虽然苍老悲凉，但是仍然像金石碰撞一样铿锵有力。

（据《战国策》改编）

〔智慧启迪〕

　　在老马的两位主人眼里，它不过是他们赢得军功和钱财的工具，只有真正懂马的伯乐才把它看成自己的朋友，始终善待爱护它。爱才惜才之人，才会得到人才的青睐。

〔博闻馆〕 〰〰〰〰〰〰〰〰〰〰〰〰〰〰〰

士为知己者死

春秋末期，晋国人豫让曾经先后给范氏和中行氏做家臣，一直寂寂无名，后来他投靠了智伯，智伯非常看重他。赵襄子与智伯之间有极深的仇怨，赵襄子联合韩魏两家消灭智伯后，豫让先是改名换姓，偷偷混进宫中，企图借修整厕所时用匕首刺杀赵襄子。不料却被发现，赵襄子见他十分仗义，便放走了他。但豫让不死心，他不惜在身上涂满漆，弄烂皮肤，又吞下炭火弄哑嗓子，乔装成乞丐要给主人报仇。一次，豫让事先在桥下埋伏，准备在赵襄子过桥时杀他。可是，赵襄子的马却突然惊了，使得豫让的计划再次失败。赵襄子抓住他后，奇怪地问他为什么单单要给智伯报仇。豫让说："我侍奉范氏和中行氏时，他们都把我当一般人看，只有智伯以国士之礼待我，所以我要像国士那样报答他。"这就是"士为知己者死"的故事。

鹬蚌相争，渔翁得利

一天，天气晴朗，太阳照得河水暖洋洋的。一只大蚌慢慢地爬上了河滩，它张开两扇椭圆形的蚌壳，舒舒服服地躺着晒太阳。这时候，一只饥饿的鹬（yù）鸟正沿着河边觅食。它的嘴又尖又长，当它看到大蚌裸露在外面的嫩肉时，立刻用尖嘴去啄。正晒着太阳的大蚌突然遭到袭击，吃了一惊，"啪"地一声合拢起它坚硬的外壳，像铁钳一样紧紧地夹住了鹬鸟的尖嘴巴。

鹬鸟死死地咬住蚌肉，大蚌紧紧地钳着鹬嘴，谁也不肯松开。鹬鸟威胁大蚌："今天不下雨，明天不下雨，你就会渴死在河滩上！"大蚌也毫不示弱，回击鹬鸟："你的嘴今天拔不出来，明天拔不出来，你就会饿死在沙滩上！"它俩谁也不肯相让，谁也没法解脱。正在这时候，有一个渔翁来到河滩，看见鹬蚌相争的场面，毫不费力地把鹬鸟和大蚌一起捉走了。鹬没饿死，蚌也没被晒死，它们都成了渔翁的下酒菜。渔翁高兴得合不拢嘴："今天运气不错，没费劲儿就吃上了清蒸河蚌和红烧鹬肉。"

（据《战国策》改编）

〔智慧启迪〕

这则寓言告诉我们，做事情要考虑全局，权衡得失，不要只想着对自己有利的一面，要相互谦让。一味地相互钳制往往顾此失彼，让他人得益。

〔博闻馆〕

鹬蚌相争背后的故事

"鹬蚌相争"这个寓言是苏代游说（shuì）赵王时打的一个比方。当时赵国将要攻打燕国，燕王十分恐慌，急忙让苏代去说服赵王。苏代见到赵王后，给赵王讲了这个寓言，委婉地道出赵国攻打燕国，正如鹬蚌相争，长此以往两国国力衰微，正好让秦国这个"渔翁"占了便宜，给燕赵两国带来巨大的灾难。赵王听后恍然大悟，便停止了攻打燕国的行动。

截竿进城

　　有个鲁国人靠做木工为生。一次，主人需要一根很长的竹子，就派这个鲁国人进山砍竹。鲁国人砍了一根又粗又长的竹子，兴致勃勃地扛起来往回走，心想："这次主人家一定会多给我些赏金。"

　　可是到了城门口，却遇到了麻烦。由于砍下的竹子太长，无论怎样都进不了城门。他把毛竹竖起来拿，被城门卡住了；他把毛竹横着拿，又被两边的城墙卡住了。鲁国人折腾了半天，累得气喘吁吁，实在想不出办法了。

　　这时候旁边有个老头儿看鲁国人一直瞎折腾，边看边乐，嘲笑他道："你可真是个大草包！脑袋瓜里只有一根弦！我这一大把年纪，过的桥比你走的路还多，你怎么不请教请教我呢？"

　　鲁国人连忙向他打躬作揖："还请您老多多指教！"

　　老头儿捋着白胡子说："这事儿简单！你把毛竹锯为两段，不就进去了吗？"

"毛竹锯断了,主人家肯定不要了。"鲁国人皱着眉头说道。

"那总比你卡在城外强吧!"老头儿不屑地甩下这么一句话走了。

鲁国人不想锯竹子,可是最后也没想出别的办法,只好把毛竹锯断了。

（据《笑林》改编）

[智慧启迪]

如果这个鲁国人愚笨的话,那么,那个喜欢摆老资格、教训人的白胡子老头儿就更加可笑了。明明可以把竹子的一头朝向城门拿进去,老头儿却没问清情况,就给出了锯断竹子的建议,真是自作聪明。我们在实际生活中,虚心请教别人的同时,自己也要动脑筋,绝不能盲目听从他人的建议。

[博闻馆]

盲人怎样买剪刀

有位教授给自己的学生出过这样一道智力测试题:"有一

位聋哑人，想买几个钉子。他来到五金商店，对售货员做了这样一个手势：左手食指立在柜台上，右手握拳做出敲击的样子。售货员见状，先给他拿来一把锤子，聋哑人摇摇头。于是，售货员就明白了，他想买的是钉子，便又拿给他钉子。聋哑人刚出商店，又进来一位盲人。这位盲人想买一把剪刀。请问：盲人将会怎样做？"

下面的同学大都回答说："盲人肯定会这样——伸出食指和中指，做出剪子的形状嘛。"大家都很得意，觉得教授的问题太简单了。这时候教授微笑着摇摇头，说："你们都错了，其实盲人只要对店员说他想买剪刀就可以了。他又不是聋哑人，为什么要打手势呢？"借此，教授总结道："我们总是习惯用一种固定的方法去思考问题，长年累月按照一种既定的模式工作或生活，从而形成思维定式。所以，遇到问题时，不妨换个角度，打破固有模式，从而获得突破和创新。"

"鲍君神"的来历

古时候有个小村庄十分偏僻，很少有外人经过。一天，村里有一个人用绳网陷阱捕到了一头獐（zhāng）子，但是他当时没有及时发现。

碰巧这时候有几辆经商的车子从这片沼泽地经过，车上的人发现了陷阱和猎物，见周围一个人也没有，他们就把獐子牵走了。没走多远，这些人觉得自己不劳而获太不像话，又走回来把一条干咸鱼放在绳网之中以作补偿。

过了一天，主人来查看陷阱，结果没发现猎物，却有一条大干咸鱼放在那里。他看了看四周，不见一个人影，这干咸鱼是从哪里来的呢？凭空冒出一条干咸鱼来，那肯定是神灵了！想到这里，这人恭恭敬敬地抱起干咸鱼回家去了。

回家后，这个人把事情说给村里的人听，大家都觉得很奇怪，这件事越传越神，到后来大家竟然都说这条干咸鱼是"鲍君神"转世，能够保佑百姓，治病驱邪。于是有越来越多的人到这里祈祷，后来干脆建了一座"鲍君神"庙，把干咸鱼供奉在里面，每天钟鼓齐鸣，香火不断。祈祷的人络绎不绝地从四面八方赶来。

几年后，当年放干咸鱼的人刚好又经过这里，当他看到"鲍君神"的热闹场面时，感到十分奇怪，便下车向人打听原因。有人向他讲述了"鲍君神"传奇的来历，这个人听了以后哈哈大笑："这哪是什么鲍君神呀，这是我的鱼，还是我亲手放在这里的！"

从此以后，再也无人来朝拜这个庙，渐渐地，庙的四周长满了野草。

（据《风俗通义》改编）

〔智慧启迪〕

遇事不会科学分析，只凭主观臆断，人为地编造神话去盲目膜拜，这种做法是不可取的。凡事都要认真考虑，冷静分析，要主动探求真理，敢于质疑。

〔博闻馆〕　〜〜〜〜〜〜〜〜〜〜〜〜〜〜〜

疑神疑鬼的奇事

古时候的人迷信思想浓厚，遇到这种误会就会想到鬼神之事，可笑的是现代人碰到一些奇怪的事情也会疑神疑鬼。

央视科普栏目"走进科学"就揭开了不少这样的事件。有一个村子里每天半夜三更都有怪叫声，能把全村人都吵醒，大家也不敢出去看，战战兢兢地失眠到天亮。许多村民都说这里有野兽出没，每天夜里到村子做怪，闹得人心惶惶……结果调查出来后，竟然是因为村里的一个胖子睡觉打呼噜！

福建省某个普通的村民家发生了一件非常奇怪的事儿。在一个深夜，一声巨响，一个不明物体从天而降，穿过屋顶，在地上砸出了十几厘米深的坑，而且掉落下来的时候温度很高，摸起来还特别烫手。村民议论纷纷，有人说是陨石，有人说是飞机的零件，还有人说是UFO残片，更有甚者说这个东西好像是外星人的尿壶。到底是天外来物还是另有原因？"走进科学"揭秘之后发现，竟然是私自制造氢气罐的小贩，不小心把罐弄爆炸，它的碎片落下来了！

后羿射箭

后羿是古代著名的神箭手，单凭一张强弓、一袋羽箭就能在沙场上横行于万军之中。他手起箭出，发无不中，为夏王立下了汗马功劳，获得了大片的封地。有一天，夏王宴请群臣，君臣把酒言欢之际，夏王令后羿表演箭术助兴。侍臣很快布置好了场地，只见远处竖立着用一尺见方的兽皮制成的靶子，正中画的红心直径只有一寸左右。后羿微微一笑，毫不在意。

表演开始之前，夏王半开玩笑半认真地说："既然是表演，加上赏罚才有意思。这样吧，如果射中了，就赏你一万两黄金；如果射不中，就削减你的封地。"

君无戏言，后羿虽然技艺高超，听了这些话仍不免有些紧张，脸色一阵红一阵白，胸脯起伏不定，呼吸也变得急促起来。他勉强定了定神，拉开了弓，"嗖"地一声射出了第一支箭。只见此箭虽然射在了靶子上，但是却没有射中红心。后羿更加紧张了，拿弓的手也开始颤抖起来，深吸一口气之后，他又射出了第二支箭。这一次箭擦着靶子飞了过去，竟是连靶子都没射中！围观的人一片哗然。

　　夏王大惑不解，就问大臣弥仁："以后羿的本事，平时射箭都是百发百中，今天这点难度应该是不在话下的。我预先讲明了赏罚的办法，然后再让他射，怎么他连射两箭都没能射中红心呢？"弥仁说："恐怕问题就出在您预先讲明赏罚条件这一点上了。后羿平时练习射箭没有什么思想包袱，中了就中了，不中大不了再射。心情比较放松，水平就能正常发挥出来。但是像今天这样，如果射中了就能得到重赏，不中还会被重罚，后羿射箭之前心里自然会反复掂量，既想获得赏金，又怕封地被收回。心思一乱，水平自然就受到了影响。所以说，要想成为一个优秀的射手，就一定不能太在意射中或者不中的后果。"

（据《荀子》改编）

〔智慧启迪〕

在重金和封地的得失面前，神箭手后羿完全失去了常态。这个故事告诉我们，在生活中要保持一颗平常心，不为利益权势所动，才能从容坦然地面对一切。

〔博闻馆〕

张大千的胡子

著名画家张大千先生有一脸浓密的大胡子，很有风度。一次，有人问他："张先生，您的胡子在睡觉时是放在被子里面还是外面呢？"他从没留意过这事，一时答不出来。到了晚上睡觉时，张先生试着把胡子放在被子外面，觉得不对劲儿，再放在被子里面，觉得也不合适，折腾了半天，反而不如没有留意这个问题时睡得好。可见，对许多事情还是不要太在意的好。

蚂蚁见海龟

从前东海里有一只巨大的海龟，大到能把蓬莱山顶在自己的头上，在海面自由地遨游。它既能飞到高高的云彩之上，也能潜入深深的海底。

陆地上有一只红蚂蚁听说了海龟的事，对它十分向往。于是它就约了一群蚂蚁要去看看这只神奇的海龟，蚁群们穿山越岭，终于来到了海边。

它们整整等了一个多月，可是始终没有看到海龟浮出海面，蚂蚁们都不耐烦了，吵着要返回老家去。正在这个时候，突然一阵大风刮过，激起了滔天的海浪，高高的海浪如同陡峭的山峦，海水如同沸腾了一般，大地也响起了雷鸣般的响声。蚂蚁们齐声嚷嚷："海龟出来啦！海龟出来啦！"

过了几天，风停了，大地也停止了震动。只见远处的海面上一座齐天高的大山在慢慢地向西移动，顶着这座大山的正是那只神奇的海龟。蚂蚁们齐声喝彩，十分佩服。只有那只红蚂蚁不以为然，它说："海龟顶大山和咱们蚂蚁顶米粒儿有啥两

样呢? 只不过它顶着大山在海面上游, 我们顶着米粒儿在土堆上爬。它能潜到海底下, 可是咱们也能钻到地底下啊。我看没什么不一样的地方, 只不过是表现方式不同罢了。既然咱们也有同样厉害的本领, 那何必翻山越岭走这么远来看海龟呢? 咱们回去吧!"

(据《符子》改编)

〔智慧启迪〕

这则寓言生动地讽刺了那些像蚂蚁一样自高自大、狂妄无知的人。同时也告诫我们：做人需要多一份虚心，少一份骄傲；多一点不断努力向上的上进心，少一点盲目自大。

〔博闻馆〕

虚心好学的李白

传言李白辞京归乡，长游于大江南北，当游览到黄鹤楼时，被眼前的美景陶醉，挥笔欲题之际，看到崔颢所作的《黄鹤楼》：

昔人已乘黄鹤去，此地空余黄鹤楼。

黄鹤一去不复返，白云千载空悠悠。

晴川历历汉阳树，芳草萋萋鹦鹉洲。

日暮乡关何处是，烟波江上使人愁。

细读此诗，左思右想，李白扔笔于地叹息一声："眼前有景道不得，崔颢题诗在上头。"李白作为一代诗仙，却能够坦率地承认崔颢此诗的佳妙之处，认为自己现在还写不出一首能够赶得上他的诗。正是这种正视别人优点并认真学习的态度，使得李白的诗越写越好，最终写出了他那首堪与《黄鹤楼》媲美的七律《登金陵凤凰台》。

盲人摸象

在遥远的古印度，有一个很有智慧的国王，名叫"镜面"，他是虔诚的佛教徒，但他的臣民却不辨是非，都信仰邪门歪道。因此，镜面王常常感到很苦闷，他想："我总得想出一个办法来教育他们，使他们改邪归正才好！"

有一天，国王召集他的大臣说："你们去找生下来就瞎了眼睛的人，把他们请到宫里来吧！"大臣们很奇怪，但还是奉命将国内天生的盲人带到了皇宫。镜面王很高兴，又吩咐大臣牵来了一头大象。

许多臣民听见了这个消息都十分好奇，不知道国王今天将要做些什么事，因此，大家都争先恐后地赶来参观。

镜面王在心里暗暗地欢喜："真好，今天是教育他们的好机会。"于是，他下令让那些盲人去摸大象：有的摸到了象牙，有的摸到了象耳朵，有的摸到了象头……

过了一会儿，国王问他们："你们'看'见大象了没有？"盲人们争着说："我们都'看'见了！"国王又问："那么你们所

'看'见的大象是什么样子呢？"

摸着象牙的盲人说："王啊！又粗又长，大象就跟胡萝卜一样嘛。"

摸着象耳的盲人说："不，又扁又大，分明像簸箕啊！"

摸着象头的盲人则说："这么硬，明明像石头呀！"

摸着象尾的盲人大声叫道："你们都错了！只不过跟草绳一样细细的罢了。"所有摸象的盲人都吵吵嚷嚷，争论不休。围

在四周的臣民乐得大笑起来。

这时，镜面王说："你们不必争论了，其实你们每人都只'看'到了大象的一个部分而已。并没有'看'到大象的全身，便自以为知道了大象的全貌，这就好比没有听见过佛法的人，自以为获得了真理一样。"接着国王又跟那些臣民说："你们宁愿相信那些浅薄歪曲的邪说，却不去研究真正的佛法，和摸象的盲人有什么两样呢？"

（据《大般涅槃经》改编）

〔智慧启迪〕 〜〜〜〜〜〜〜〜〜〜〜〜〜〜〜〜〜〜〜

看待事物、考虑问题不能只看到其中的一部分，而是应该从全局出发，全面细致地了解真实情况，这样才能得出正确的结论。

〔博闻馆〕 〜〜〜〜〜〜〜〜〜〜〜〜〜〜〜〜〜〜〜

"豫"因"象"而来？

大象是目前最大的陆地哺乳动物，其活动范围主要分布在东南亚及非洲等国，我国境内大部分地区的气候不适宜大象的生存。但据专家考证，上古时期黄河中下游流域气候温润、森林密布，今河南境内曾有野生大象活动。河南的简称"豫"也由此而来，《说文解字》对豫的解释是："象之大者。"中国古代关于大象的故事中，最为人耳熟能详的便是"曹冲称象"。东吴孙权给曹操送来一头巨象，众人都不知该如何称量大象。曹操的儿子曹冲聪慧过人，想出把大象放在船上并做记号，再利用同等重量的货物来称量的巧妙方法。

折箭训子

南朝时，北方有一支少数民族叫吐谷 (tǔ yù) 浑，他们是鲜卑慕容的一支。这支游牧民族作战勇猛，占据了青海、甘肃一带。当时吐谷浑的首领阿豺有二十个儿子，他们之间并不是很团结，阿豺很担心自己死后，儿子们为了争夺王位而自相残杀。

为了解决这个问题，阿豺思索了很久，终于想出了一个办法。一天，阿豺将自己的二十个儿子和亲生弟弟慕利延都叫到了大帐中，对他们说："你们每人给我拿一支箭来。"

儿子们每人从箭筒中抽了一支箭出来，奉给父王，阿豺当着他们的面把二十支箭一支一支地折断，扔到地下。

然后又吩咐道："你们每人再拿一支箭给你们的叔叔。"儿子们每人抽出一支箭给了叔叔慕利延。

阿豺转过头来，严肃地对慕利延说："你先拿一支箭，然后把它折断。"慕利延拿起一支箭，毫不费力地折为两截。阿豺又说："现在你把剩下的十九支箭握成一把，一起折断。"

慕利延接过十九支箭，用尽全身的力气都没能折断。

　　这时，阿豺指着这一把箭对儿子们和弟弟说："你们明白了吗？一支箭是容易被折断的，一把箭就很难了。只有大家齐心协力，我们才会有力量，我们的基业才会不断扩大！"

（据《魏书》改编）

〔智慧启迪〕

　　团结就是力量，内斗会给各方都带来损失，只有互助互惠，才能形成双赢甚至多赢的局面。

〔博闻馆〕 ~~~~~~~~~~~~~~~~~~~~~

鱼和鱼竿的选择

从前，有两个饥饿的人得到了一位长者的恩赐：一根鱼竿和一篓鱼。一个人拿了鱼竿，另一个人拿了一篓鱼，二人就分道扬镳了。得到鱼的人迫不及待地在原地搭起柴火煮起了鱼。煮好后，他狼吞虎咽，几下就把鱼吃光了。不久，他便饿死在空空的鱼篓旁。另一个人则提着鱼竿继续忍饥挨饿，一步步艰难地向海边前进，可就当大海近在眼前时，他却耗尽了所有力气，最终倒下了。

又有两个饥饿的人，他们同样得到了长者恩赐的一根鱼竿和一篓鱼，只是他们没有各奔东西，而是商定一起去寻找大海。一路上，两人互帮互助，每次饿的时候只煮一条鱼分着吃。经过长途跋涉，他们终于来到了海边。从此两人以捕鱼为生，几年后，他们盖起了房子，有了家庭，过上了幸福的生活。

鲁班刻凤

古代有一个著名的能工巧匠，是传说中木匠的祖师爷，名叫鲁班。有一天，鲁班正在精心雕刻一只凤凰，旁边围了一群观看的人。这时鲁班雕刻的凤凰仅有一个雏形，凤冠和凤爪还没有刻完，华美的翅膀也没有刻好，围观的人们就开始指指点点，评头论足了。站在他身后的老头一脸不屑，指着没有羽毛的凤身

说："多丑啊，好像一只白毛老鹰。"一旁的小男孩有些好奇，他摸了摸没刻好冠子的凤头，大喊道："这根本就是一只丑陋的鹈鹕（tí hú）嘛！"大家都很失望，纷纷嘲笑鲁班手艺拙劣。

鲁班没有理会人们的嘲讽，继续精心雕琢。接近完工的时候，人们简直惊呆了：翠绿的凤冠像云朵一样高高耸立，朱红的凤爪闪闪发亮。凤凰全身像披上了五彩缤纷的霞光，精致的羽毛像火花似的光芒四射，两只美丽的翅膀一张一合像升起了一道道彩虹。等鲁班给木刻的凤凰涂上最后一抹颜色时，华美的凤凰突然振翅高飞，在屋梁上下盘旋翻飞，飞了三天三夜都没有落下来。这时候，被惊呆了的人们又开始赞美凤凰的神奇，称颂鲁班的高超技艺了。

（据《刘子》改编）

〔智慧启迪〕————————————

凤凰还没有刻成，评头论足的人就开始从自己看到的角度加以批评，结论当然是不正确的。这则寓言告诉我们要学会客观、全面地看待事物。对于别人的议论，我们要像鲁班学习，拿出实际成果来让那些议论黯然失色。

〔博闻馆〕

凤凰的美好寓意

凤凰是古代传说中的神鸟，也是百鸟之王。关于凤凰形象的记载最早见于《山海经》一书，书中将凤凰描述为一种形状像鸡、拥有五彩羽毛的鸟。据民间传说，凤凰起初只是个不起眼的小鸟，它在鸟类遭遇旱灾时慷慨送出自己平时积攒的果实，帮助鸟类渡过了难关。鸟儿们纷纷拔下身上最漂亮的羽毛送给凤凰，并在每年凤凰生日的时候前来祝贺。凤凰有雄雌之分，凤为雄性，凰为雌性。西汉时著名文学家司马相如曾写下经典古琴曲《凤求凰》，"凤飞翱翔兮，四海求凰"表达了他对卓文君的热烈追求。成语"凤凰于飞"也比喻夫妻恩爱美满，常用于对新婚夫妇的美好祝愿。后来"龙"逐渐成为中华民族的图腾。凤凰和龙同时出现时，二者的象征意义则演变为龙代表男性，凤代表女性。中国传统的婚礼服饰上也常出现"龙凤呈祥"的刺绣图案。千百年来"凤凰涅槃"的不屈精神也鼓舞着百折不挠的中华民族。

只吃半张饼

从前有个人非常饥饿，走了一路都没见卖吃食的店，就这样饿着走了好几天。等他终于走到卖吃食的店里时，便一口气买了七张煎饼，打算大吃一顿。热腾腾香喷喷的大饼终于出炉了，他狼吞虎咽地大吃起来。吃了一张又一张，吃到第六张半的时候，他吃不动了。坐在那儿想了一会儿后，突然他的脸上露出十分后悔的表情，随后他连连用手打自己。

旁边的人看了十分奇怪，赶紧问他到底怎么了，他郁闷地说："我以为得吃七张饼才能饱，没想到吃到这半张就饱了，就因为吃了这半张饼，结果前面的六张饼都白白浪费了。如果早知道吃这半张饼就能饱，我应该先吃它呀，真是亏了！"

旁边的人听了都纷纷笑他死脑筋，如果不吃之前那六张，只有半张饼，如何能够吃饱呢？

（据《百喻经》改编）

〔智慧启迪〕

知识是一点一滴地积累起来的，积累到一定程度就有了智慧；经验是一点一点地积累起来的，积累到一定程度就变得成熟；事情要一步步地去干，干到一定程度就能够成功。

〔博闻馆〕

饼的历史渊流

在古代，大多数地方种植小麦和发展面食技术几乎是同步的，但在中国却出现了例外。小麦的原产地在西亚，中国发现的最早的小麦遗址在河姆渡流域附近，可见在距今四千多年前的新石器时代，人们就已经栽培小麦了。而"饼"一词最早出现在《墨子·耕柱篇》中，"见人之作饼，则还然窃之"。在古代，"饼"的意义更加广泛，是所有面食的通称。随后，用小麦磨成粉制作饼的记录不断增多，证明饼逐渐进入人们的日常生活。西汉史游所著的《急就篇》曾用"饼饵麦饭甘豆羹"概括了普通百姓的吃食，饼被列在食物之首，足见其重要程度。随着小麦产量和人们食用需求的提升，饼食形态也不断丰富。汉唐之际，饼已经成为北方人主要的面食，并随着宋代小麦向南方的推广，饼也进一步向南方普及。中国饼文化源远流长、博大精深，千百年来，构成了中国人独特的面食文化。

杯弓蛇影

从前有一个叫乐广的人，他十分喜欢与亲戚朋友聚会交谈，所以认识的人很多。有个好朋友经常来他家做客，但是有一段时间却一直见不到他的影子，乐广放心不下，便亲自到朋友家里探望。

见面之后，乐广看到朋友脸色蜡黄、身体消瘦、无精打采地躺在床上，才知道原来他生了重病。乐广不解地问："我上次见你时气色还很好，怎么一下子就病得这么厉害？"朋友刚开始时支支吾吾地欲说还止，后来禁不住乐广再三追问，只好如实道来。原来上次他到乐广家做客的时候，乐广向他敬酒，他端起酒杯刚想喝的时候，忽然发现一条小青蛇在杯子里不停地游动。他心里一阵恶心，本来想把酒倒掉，但是乐广已经先干为敬了，自己如果不喝实在是有些失礼，只好两眼一闭，硬着头皮把酒干了。酒虽然下肚了，心里却一直觉得别扭，好像真有一条蛇在肚子里不停地游动，搅得五脏六腑都不安生。回到家里不久，他就病倒了，请了很多大夫都治不好，什么都吃不下去，只是终日恶心，腹痛不已。

　　乐广听他说得奇怪，自己也想不到是什么原因。回到家后，他反复思量，小小的酒杯里怎么会有蛇？如果真有，恐怕朋友早就一命呜呼了。正在百思不得其解时，一抬头看到了墙上挂着的一张角弓，弓上涂着青色的树漆，猛一看还真像条蛇。乐广一下子反应过来，觉得一定是这条弓的影子恰好落在了朋友的酒杯里，酒一晃动，就好像有蛇在杯子里游一样。他马上把朋友接过来，让他坐在上次坐的地方，再倒上一杯酒，放在朋友面

前，说："你看杯子里是不是你当时见到的样子？"朋友一看，惊叫着跳了起来："就是这样！"乐广笑着把原因告诉他，朋友的心结一下就解开了，貌似很凶险的病也很快就好了。

（据《晋书》改编）

[智慧启迪] ～～～～～～～～～～～～～～～～

所有心理原因导致的问题，如果只针对表面现象想办法，大多会误入歧途，只有深入了解事情的真相才能"药"到病除。

[博闻馆] ～～～～～～～～～～～～～～～～

高射炮的阴影

"二战"时期，一些美国飞行员患上了一种奇怪的病，当飞机飞到一定高度时，手脚就会不自觉地震颤，视觉、听觉也趋于麻木，几乎无法正常操控飞机。原来他们去执行任务时，常会遭到敌方高射炮的猛击，被击中的战友瞬间丧命，使他们极为恐惧。后来美军注意了对敌方高射炮的压制，飞行员的症状也很快消失了。

黔驴技穷

据说古时候贵州没有驴子，那里的人们都没见过驴子，也不知道该怎么使用它们。有个商人从外地运进来一头驴子，但是贵州多山，驴子派不上用场。商人只好把驴子放到山下，任它在那儿吃草。

有一天，从山上下来一只老虎。贵州的老虎也从来没有见过驴子，突然看见这么高大强壮的家伙，不禁大吃一惊，以为是什么神奇的生物。老虎慌忙躲进树丛，偷偷地观察驴子。

一天过去了，老虎没发现驴子有什么特别不凡的地方。第二天，老虎蹑（niè）手蹑脚地走出树林，想到驴子跟前摸摸底细。还没走几步，猛听见驴子一声大吼，以为它要咬自己，吓得老虎转身就逃。跑了一阵后，老虎发现没什么动静了，又小心翼翼地踱了回来。慢慢地，老虎习惯了驴子的叫声。随后，老虎又壮着胆子向驴子靠近，要么用爪子抓两下，要么用身子撞一下。老虎时不时的骚扰惹怒了驴子，它抬起后蹄向老虎踢去。老虎稍微偏了偏身子就躲过去了，心里一阵窃喜："原来这个家伙

就这么点儿本事啊！"饿了几天的老虎，实在忍不住了，大吼一声，朝驴子猛扑过去，一口咬住了它的喉咙……老虎美餐一顿后径自上山去了。

（据《柳河东集》改编）

[智慧启迪]

生活中有许多像驴子这样虚有其表、外强中干的人，他们往往只能唬人于一时，却没有真正的本领。同时，我们也应向老虎学习，面对新事物、新情况，要进行深入探索和仔细分析，这样才能胜券在握。

[博闻馆] 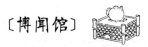 〰〰〰〰〰〰〰〰〰〰〰〰〰〰

不同的地域，同样的驴子

不仅在中国的寓言中有可笑的驴子，在国外的寓言故事中它也常常出现。印度寓言故事集《五卷书》中有一头印度驴子，它披上虎皮假装自己是老虎，却最终因为它的叫声泄露了身份。法国寓言作家拉·封丹的寓言中有一头法国驴子，这头法国驴子也试图披上狮子皮吓唬动物，却被识破。《伊索寓言》中有头希腊驴，关于这头希腊驴的故事就更多了，它也用狮子皮吓唬过别的动物，还敢与真正的狮子一起打猎，最终因不自量力地想平分猎物，被狮子吃掉了。

这么多不自量力、骄傲自大的驴子折射的都是现实生活中没有真本事却喜欢虚张声势的人，这也启发我们要有真才实学才能在竞争激烈的环境中生存下来。

糊涂的小麋鹿

临江有个人在去野外打猎的时候捉到了一头小麋鹿，看它还不怎么会跑，这个人便决定把它带回家饲养。刚进家门，小麋鹿就被家里养的一群狗发现了。它们觉得这头小鹿这么幼小，吃起来一定很美味，于是纷纷围了上来，扬起尾巴，口水直流。主人看到这群狗如此没出息，非常愤怒，顺手拿起门边的棍子，把狗教训了一顿。

既然小麋鹿在家里安顿下来了，主人就想让它和自己原来养的狗和平相处。于是他每天都会抱着小麋鹿去接近狗，指点狗应该怎么友好地对待小麋鹿，不能欺负它，更不允许伤害它，鼓励狗和小麋鹿一起玩耍。时间长了，狗明白了主人的意思，都乖乖地按主人的指示去做。小麋鹿渐渐长大，忘了狗对麋鹿来说有多危险，从小就和狗一起玩的它，已经把狗当成了自己的好朋友。玩得高兴的时候，它还会跟狗追逐打闹，丝毫不觉得狗有什么可怕的。狗虽然碍于主人的威势不敢把它怎么样，但是这么一块肥肉整天在眼前晃来晃去，实在是太诱人了，即使是尽力克制，也不免时不时地要舔一舔嘴唇，咽一口口水。

　　三年之后，麋鹿已经成年，有一次它独自到家门外散步。它看到路上有很多不认识的狗，还以为可以跟它们一起玩耍，于是主动走过去打招呼。那些狗见了都很惊讶，不过很快就反应了过来：送上门的美餐怎么能轻易放过？于是假意友好，邀请它一起做游戏。等到麋鹿走进包围圈，那些狗就一起扑了上去。一阵撕咬之后，各自饱餐了一顿，把麋鹿的残骸随意丢在了路上，扬长而去。可怜的麋鹿直到死也不明白，那些平日里对自己客客气气的狗怎么突然变得这么凶神恶煞，要取自己的性命呢？

（据《柳河东集》改编）

〔智慧启迪〕 ～～～～～～～～～～～～～～～～～～～～～

小麋鹿被主人制造的假象迷惑，没有弄清楚自己生存的环境和碰到的个体的真面目。我们也常常像它那样要面对各种假象，在重重的迷雾下，抓住真相，认清事物的实质，才能在变化的环境中立于不败之地。

〔博闻馆〕 ～～～～～～～～～～～～～～～～～～～～～

忠心背后的假象

1898年，以慈禧太后为首的守旧势力发动了戊戌政变。政变之前，以光绪皇帝、康有为、梁启超等为首的改良派让谭嗣同去见袁世凯，给他看光绪帝的密诏，要他带领军队保护皇上。袁世凯装出一副很忠心的样子，信誓旦旦。但是谭嗣同一走，他就向守旧派告密，出卖了改良派，最后包括谭嗣同在内的"戊戌六君子"被害。可见假象无处不在，自己要时刻有清醒的认识，不能被假象蒙蔽。

买只鸭来捉兔

　　在古代，人们经常用猎鹰来打猎。有一个人看到别人用猎鹰打猎很容易，就跟风也去打猎。可他是个外行，根本不认得猎鹰长啥样，就买了一只鸭子，带到野外打猎去了。

　　一只兔子突然窜出来，他立即扔出鸭子，要它去追捕。鸭子飞不起来，跌到了地上。他抓起来后再一次扔出去，鸭子还是跌到了地上。这样重复了三四次，鸭子忽然气愤地从地上站起来，一摇一晃地走到主人面前，向他解释说："我是一只鸭子呀，被人杀了吃肉，才是我的本分，为什么非要把我扔出去让我追捕兔子呢？"

　　那个人说："我当你是只猎鹰，可以追捕兔子，没想到你竟是只鸭子！"

　　鸭子抬起脚掌给主人看，说："你看我这样的脚掌，能够抓到兔子吗？"

　　　　　　　　　　　　　　　　（据《艾子杂说》改编）

〔智慧启迪〕

选用人才务必要避其所短，用其所长。不然的话，就会像猎人那样，不但捉不住兔子，还白白糟蹋了鸭子。

〔博闻馆〕

知人善任的唐太宗

在历史上，唐太宗李世民就是一个知人善任的皇帝。他能发现每个人的特长，做到人尽其才。

房玄龄不善于处理杂务，却善于谋划和决定国家大事，所以被封为宰相；戴胄不通经史，但做事正直，所以让他做大理寺少卿，负责审理案件；而敢于直言的魏征，就让他做了谏官。在李世民的团队中，每个人各有所长，也各有所短。但更重要的是，唐太宗知道他们的特点，能将这些人放到最合适的职位，使他们发挥所长。在他的管理下，各类人才都找到了自己的位置，君臣共同缔造了"贞观之治"，开创了大唐盛世。

不辨敌友的猎狗

从前有个人叫艾子，他非常喜欢打猎，不但时不时地去围场一展身手，而且还专门置办了许多打猎用的工具。他还养了一条猎犬，因为十分擅长逮兔子，所以深得艾子的欢心。艾子每次去打猎，都要牵上这条狗一同前往。猎狗也从不负主人的重望，每次都能抓到兔子。为了奖励它，艾子每次都会取出兔子的内脏给它饱餐一顿。久而久之成了习惯，逮到兔子之后，这条狗便会边摇尾巴边望着艾子，满心欢喜地等着主人拿美食奖励自己。

有一天，这条狗又跟着主人去打猎，他们转了很长时间都没有发现猎物，艾子十分焦躁，猎狗也饿得很厉害。突然，旁边的草丛里有两只兔子跳了出来，向前方狂奔而去。艾子肩上的猎鹰率先展开翅膀向兔子猛扑过去，猎狗也紧随其后。兔子眼看陷入包围，即将小命不保。

性命攸关之际，它们急中生智，一个往东，一个往西，利用草丛的掩护和身材短小的优势，左冲右突，就是不肯束手

就擒。正当兔子和鹰纠缠厮斗的时候，猎狗赶到了。猎鹰抖擞精神，正准备给一只兔子致命的一击，没想到那狗不仅没有助自己一臂之力，一口明晃晃的利齿反而将自己狠狠地咬住。还没等艾子明白过来是怎么回事，那鹰已经跟跄落地，呜呼哀哉了。两只兔子趁人、狗分神的机会，马上逃之夭夭。

艾子跑上前去，把猎鹰捡起来，确定它已经死了，又心疼，又生气，不禁连声长叹。再看那条狗，却跟往常一样摇着尾巴望着艾子，洋洋自得地期待着主人马上拿美食犒劳自己。艾子见它不以为耻，反以为荣，不禁对着猎狗破口大骂起来："这蠢狗，还自以为我说它对呢！"

（据《艾子杂说》改编）

〔智慧启迪〕

自以为是的猎狗只知道有所杀伤才能有好吃的，却根本不去分辨到底要与谁为敌，错杀了自己的战友后不思检讨，还要摇尾讨赏，得到的自然只能是主人的喝骂。做事情如果只凭经验，不加分析，往往会被自己的想当然所害。

〔博闻馆〕

任性的马谡

三国时期，诸葛亮曾率大军北伐魏国，途中派马谡（sù）去驻守战略要地街亭。马谡没怎么带过兵，为了保险起见，诸葛亮让老将王平做副将。到了街亭之后，马谡自恃熟读兵书，执意要在城池旁的山上驻防。王平心知不妥，苦苦劝阻，马谡却怎么都听不进去。魏军大将张郃（hé）得知马谡在山上，心中窃喜，他立即派兵切断水源、阻断粮道，把蜀军围困在山上。蜀军饥饿难忍，不战自败，街亭失守。此役的失败迫使诸葛亮放弃了前期攻占的大片土地，退回汉中。为了严肃军纪，诸葛亮不得不将马谡斩首示众，以诫后人。

眉眼口鼻争能

眉毛、眼睛、嘴巴、鼻子四种器官，它们都非常有灵气。有一天，它们听见不远处有两个人在争论功劳大小，一个说："我负责出谋划策，自然功劳最大，职位应该比你高。"另一个不服气地反驳："没有我冲锋陷阵，再好的谋略也没用，所以我的职位应该更高。"

听了这些话，嘴巴沉默了半晌，突然气冲冲地对鼻子说："你没什么本事，凭什么位置却在我的上面？"

鼻子很生气地说："没本事？分辨食物是香是臭可得靠我，要不然你怎么知道什么东西可以吃呢？自然我应该在你上面。"说完后，鼻子也很不服气，对眼睛说："喂！高高在上的眼睛，你说你有啥本事，位置摆得比我都高？"

怎么又扯上自己了？眼睛翻了翻白，不耐烦地说："我站得高看得远，还能分辨美丑，这功劳不小吧？要是没有我，你们可就漆黑一片啰！"

鼻子想了想说："你说的倒是不错，不过你上面还有一个眉毛呢。什么能力也没有，反而站在最上面。"

听它们争论了半天，眉毛早料到战火会烧到自己身上，它十分淡定地回答道："我是没什么本事，也不跟你们争论这个位置的好坏，可是如果我生在眼睛和鼻子下面，那不知道这脸又该放在哪儿呀？"

（据《醉翁谈录》改编）

〔智慧启迪〕

这则寓言生动地讽刺了那些只知道争地位、比高下，妄自尊大而不顾全局的人。这也启示我们，不要过分强调自己的能力，而应学会在集体中摆正自己的位置，与他人团结合作，才能充分发挥自己的长处。

〔博闻馆〕

天堂和地狱的勺子

一个十分虔诚的基督徒死后见到了上帝，他问上帝天堂和地狱有何区别，上帝就分别带他到天堂和地狱去参观。

　　到了地狱，他看到那里的人正围着一个很大的餐桌吃饭。桌上摆的都是美味佳肴，但是那些人却都饿得面黄肌瘦，没有人样。原来他们手里都拿着一个十多尺长的勺子，勺子太长，饿得发疯的人们怎么也没办法把食物送到嘴里。

　　接着，上帝又带他到了天堂。那里也摆了一张很大的餐桌，桌子上的食物都一样，围着桌子吃饭的人也拿着十几尺长的勺子。

　　这个基督徒很失望，天堂和地狱怎么一样呀！上帝微微一笑，对他说："不要急，你仔细看。"

　　原来天堂的人们都拿起勺子，盛满了食物，但并不是朝自己嘴里放，而是互相喂对面的人吃。每个人都面带微笑，非常幸福。而地狱的人却只顾往自己嘴里放食物，奈何一直吃不到。

　　天堂与地狱的区别，就在于勺子的方向不同。把勺子转个方向，便能拥有幸福的生活。

怕老鼠的猫

　　古代的时候，卫国有个人姓束，他对世上的许多事情都没有兴趣，唯独喜欢养猫。他共养了一百多只大大小小、颜色各异的猫。这些猫先是吃光了自己家的老鼠，后来又把周围邻居家的老鼠也捉光了。没了老鼠可吃，这些猫都饿得嗷嗷直叫，姓束的人只好每天去菜市场买肉喂它们。几年过去了，这些猫生了小猫，小猫又生了小猫。这些猫每天吃现成的肉，都快忘了世上还有老鼠这种动物，更何况捕捉它们了。反正饿了叫几声就有吃的，吃饱了就晒太阳睡懒觉，生活得舒适安逸。

　　城南有一户人家老鼠成了灾，不少老鼠都掉进了瓮里。他们听说束家养了很多猫，就借了一只猫回家逮老鼠。谁知道束家的猫看见那些乱窜的老鼠后，两只耳朵支棱着，两只眼睛瞪得又大又黑，嘴边的胡须翘起来，一个劲儿地吱吱乱叫。这只猫又好奇又害怕，它只站在瓮沿上看，却不敢进去抓。这家的主人看见猫这么不中用，气坏了，一下子把猫推进了瓮里。猫害怕极了，动也不动，吓得直叫。过了一会儿，老鼠见猫没有什么

动作，估计没有多大能耐，就一拥而上，有的啃猫的爪子，有的
咬猫的尾巴。猫又怕又疼，用力一跳，跳出瓮后逃跑了。

（据《龙门子凝道记》改编）

〔智慧启迪〕

本来应该捕捉老鼠的猫，由于安逸的生活变得又懒又馋，
不仅不能抓老鼠，看见它们还瑟瑟发抖，这警诫人们：生活在闲

适的环境中,也要想着有出现危险的可能,要提前做好准备,不能在优越的生活中丧失了生存的本领。居安思危才能立于不败之地。

〔博闻馆〕

温水煮青蛙

美国康奈尔大学的科学家曾进行过一次著名的"青蛙试验":他们将一只青蛙放在煮沸的大锅里,青蛙触电般地立即窜了出来。他们又把它放在一个装满凉水的大锅里,任其自由游动。然后用小火慢慢加热,青蛙虽然可以感觉到外界温度的变化,却因惰性而没有立即往外跳,直到后来因为热度难忍、失去逃生能力而被煮熟。为什么会出现截然不同的反应呢?这是因为第一次它受到了沸水的剧烈刺激,便使出全部的力量跳了出来,第二次由于没有明显感觉到水很烫,这只青蛙便失去了警惕,没有了危机意识,然而当它感觉到危机时,已经没有能力从水里逃出来了。正如孟子所说:"生于忧患,死于安乐。"

书生救火

赵国有个叫成阳堪的人，他的儿子叫成阳胟（nǔ）。成阳胟的书虽然念得不怎么样，但是读书人的穷酸礼节倒是学了不少，做事非常迂腐。

有一天，家里失火了，火势很大，火苗蹿上了房顶。想上房顶灭火，但是家里没有梯子，全家人都很着急。成阳堪立即派儿子到奔水氏家去借梯子。

这时候火势已经越来越大了，成阳胟却根本不着急。他回到屋里，换了一身出门做客的衣服，戴上帽子，斯斯文文地迈着方步向奔水氏家走去。见了奔水氏，他先是彬彬有礼地打躬作揖，礼让再三才走进屋里，然后毕恭毕敬地坐在席位上。奔水氏看到成阳胟做客来了，立即让家人摆酒设宴欢迎，成阳胟也不推辞，向主人敬酒还礼。喝完了酒，奔水氏问他："您今天光临寒舍，有什么事吗？"

成阳胟这才说明来意："不瞒您说，我们家飞来横祸，房子被天火烧着了，熊熊烈火直蹿屋顶。想要到房顶浇水灭火，可惜两肩没有长上翅膀。全家人只能跳脚痛哭。听说您家里有一架梯子,不知道能不能借我一用?"一边说还一边打躬作揖。

奔水氏一听,急得直跺脚:"你怎么这么迂啊!如果你在山里吃饭时遇上老虎,一定会急得吐掉食物赶紧跑;如果在河里洗浴时看见鳄鱼,一定会急得扔掉鞋子赶紧逃命。家里大火都已经烧上房顶了,你怎么还在这里打躬作揖呢?"

奔水氏赶紧扛上梯子就往成阳胸家里跑,但他赶到时,成阳胸家的房屋早已烧成灰烬了。

(据《燕书》改编)

[智慧启迪]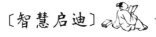

这个寓言告诉我们,做事情一定要分清主次,讲究效率。千万不可以迂腐固执,拘泥于繁文缛节,以致误事。

[博闻馆]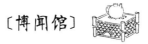

于啴子烤火

迂腐的书生不止一个,我们来看看《应谐录》中的于啴(chǎn)

子做了什么可笑的事吧！一天，他跟朋友坐在炉子前烤火，朋友专心看书，长衫的下摆被火烧着了也没有发觉。于嗨子站起身来慢条斯理地抱拳作揖说："有一件事情想告诉您，但是您天性性急，怕您生气；不告诉您吧，那又对朋友不负责任。我思想斗争得十分厉害，请您答应我一定心平气和，决不发怒，我才敢奉告。"

朋友被他严肃的神情弄得莫名其妙，就说："你我是好朋友，还顾忌这么多干吗？有什么事情您就说吧，我一定虚心听取您的意见。"于嗨子连连作揖，请朋友一定不要着急发火，朋友又再三做了保证。来回谦让了三次，他才不紧不慢地说："刚刚炉火烤着您的衣服了，已经烧了好大一块。"

朋友还没听完就跳了起来，一看，衣服的下半身全烧着了。他跳起来，脱下长衫，连摔带踩，才把火熄灭。看着已经被烧去一半的长衫，朋友的脸都气白了："你怎么不早点儿告诉我？这样的事情还啰嗦什么？"于嗨子反而得了理："你看，你看，刚才说好不急的，现在又发急了。真是江山易改，本性难移啊！"

白雁落网

太湖地区风景优美、气候宜人，很多白雁前来筑巢定居，组成了一个庞大的聚居群落。白天白雁一起去湖中觅食，晚上回到湖边的苇子地里睡觉。白天它们去湖中捉鱼时，头脑清醒、动作敏捷，而猎人在湖面上行动不便，所以不会有什么危险。但是晚上就不同了，一旦它们睡着了，就没法注意周围的动静，很可能会被猎人偷袭。为此，白雁集体商量了一个办法：每天晚上变换休息的地点，尽量找隐蔽的苇丛，同时组织几支巡逻小分队，轮流值班，一旦发现情况，马上通报雁群。这样，其他不值班的白雁就可以安心地睡觉了。

开始时，这个办法确实很有效，猎人们还没走近雁群，往往就被放哨的大雁发现了。一声呼哨，大雁集体飞走，猎人们只能扑空。后来，湖边的人们都掌握了白雁的习性，再去打猎时，就先点上火把，远远地使劲挥舞，装出要袭击的样子，让巡逻的大雁发现，哨兵不敢怠慢，大声惊叫。这时猎人们马上把火把熄灭，潜伏不动。雁群惊醒后四处察看，见并没有什么

可疑的人出现，就以为是巡逻的白雁误报了，便继续睡觉。过一会儿，猎人们又像刚才那样佯装袭击，引诱白雁哨兵报警，雁群再次起身，发现又是一场虚惊。次数多了，雁群不禁大怒，纷纷用嘴猛啄哨兵，把它们的羽毛啄得七零八落，一边啄，一边训斥它们谎报军情，搅得自己连觉都睡不安稳。

等到雁群再次入睡以后，猎人们便打起火把轻声上前。哨兵虽然发现了靠近的火把，但是刚才的惨痛教训使它们自已都怀疑是不是看错了，不敢轻易报警。正当它们犹豫不决的时候，整个雁群已经陷入了猎人的包围圈，最后白雁被一网打尽。

（据《燕书》改编）

〔智慧启迪〕

当有人与自己持不同的意见时，我们不能不分青红皂白地简单压制，甚至打击报复，而是要认真分析、仔细判断，看看其中是否有合理的成分，吸取合理的建议，才能更好地处事。

山猫趁夜偷鸡

郁离子居住在山上，一天半夜，睡得正熟的郁离子突然被一阵鸡叫惊醒，起来以后发现一只山猫正偷他的鸡。他和仆人赶紧去追，但是哪里能追得上身手敏捷、速度奇快的山猫。

郁离子很生气，决心抓住这些山猫。他让仆人用鸡做诱饵，在山猫钻进来的地方放了一些木笼子，还设置了机关。

半夜的时候，山猫果然又来了。看着近在眼前的美味，山猫一跃而上，咬住了鸡脖子，结果自然掉进了陷阱里。

可是山猫虽然被困住了，但嘴和爪子仍然紧紧地抓着鸡不放。仆人们一边打一边夺，但是山猫怎么也不肯松开嘴里的鸡。

郁离子十分感慨，叹了一口气说："世间有多少因贪财而死的人啊！为了一点儿钱财却不惜丢掉自己性命的人跟这只山猫一样吧！"

（据《郁离子》改编）

〔智慧启迪〕 ～～～～～～～～～～～～～

这则寓言借山猫讽刺了那些贪婪愚蠢、为钱财不惜丢掉性命的人。我们要引以为戒，勇于抵挡诱惑。

〔博闻馆〕 ～～～～～～～～～～～～～

饿死在金币旁的乞丐

在一座非常破旧的教堂里，住着一个贫病交加的乞丐。

他每天都要风雨无阻地外出乞讨，却依旧过着食不果腹、衣不蔽体的日子。一天，饥饿的乞丐没有乞讨到食物，他已经饿得不行了，就跪在教堂的神像前祈祷："天神呀，求求你发发慈悲救救我吧，哪怕只给我一口吃的也可以呀。"

此时天神正在人间巡察，恰好听到了乞丐的这番祈祷，于是天神便来到乞丐的身边，对他说："可怜的人，这么简单的愿望，我一定会满足你的，还要给你更多！"说完天神从身上拿出一个钱袋递给乞丐，并告诉他："我送给你一个拥有魔力的钱袋，钱袋里永远会有一枚金币，是怎么也拿不完的。但是切记不可以太过贪心，等你觉得取出的金币足够你幸福生活并开始花钱的时候，就要把钱袋远远地扔掉。"天神说完，便随着一阵烟雾消失了。

乞丐激动地打开钱袋，发现里面果然有一枚金币。他欣喜若狂地把金币掏了出来，里面又有了一枚金币。于是，乞丐便不断地往外掏着金币。他掏呀，掏呀，掏得身边的金币已经堆得像一座小山了。

一直掏到第二天，乞丐更饿了，心想："要是这时候去买块面包多好呀！"但一想到天神临别时的再三交代：在开始花钱的时候，就要把钱袋远远地扔掉，乞丐又舍不得了。"算了，再坚持一会儿，再多掏一些金币就去买吃的。"就这样他继续强忍着饥饿，不停地往外掏呀，掏呀。一天、两天、三天……金币几乎已经堆满整个屋子。而乞丐自己，也活活地饿死在一大堆金光灿灿的金币旁。

楚人养猴

古时候，楚国有个以养猴为生的人，人们都叫他"猴公"。每天早上，猴公在庭院中给猴子们分派工作，让老猴率领其他猴子到山里去采果实，采回的果实留一些自己吃，其他的都卖掉，分给猴子们的只有很少的一部分。如果有的猴子不上交果实，猴公就拿鞭子打它们。老猴们都觉得这种生活又辛苦又不公平，只是被猴公打怕了，不敢违背。

有一天，一只小猴问老猴们："山上的果树，是猴公种的吗？"

老猴们都说："不是，那些果树、果实都是天生的。"

小猴又问："如果没有猴公允许，我们就不能去采摘吗？"

老猴们回答："不是啊，谁都能去摘。"

小猴接着又问："既然这样，那我们为什么要听他的话？他白白拿走了我们摘的果实，还经常打我们。"小猴子的话还没有说完，老猴们就全醒悟过来了。

那天晚上，等猴公睡着之后，猴子们就偷偷打破了关着它们的栅栏，打开仓库，拿走了猴公存放的粮食，一起跑进了森林里面，再也不回来了。猴公自己不劳动，又失去了为他采果实的猴子，最后终于饿死了。

（据《郁离子》改编）

〔智慧启迪〕

依靠特权和暴力统治人民，而没有公平和正义，迟早要遭到人民的反抗。如遇不公正的情况，我们不能一味地服从，而是要有自己的思考和判断，从而采取有效措施。

〔博闻馆〕

由《楚人养猴》说起

猴子最终反抗猴公的寓言正反映了元朝末年朝廷荒淫无道，农民不堪压迫、奋起反抗的社会现实。无独有偶，英国著名作家奥威尔的代表作《动物庄园》，也是描写一群动物不堪主人琼斯的压迫与剥削而起来反抗的故事。老猪麦哲的演讲揭示了琼斯的丑恶面目，动物们才如梦初醒，进行了为争取自由而战的革命行动。

不同的是，《楚人养猴》的故事中，猴子们摆脱了猴公的统治，一起跑进了森林，再也不回来了，猴公最终饿死了。《动物庄园》中的动物们则把琼斯从主人的宝座上拉下来并赶走了他，还推选麦哲为领袖，从此猪群登上了统治地位，但它们对动物的控制，与琼斯并无二致。

工之侨献琴

　　从前有个叫工之侨的人，偶尔得到了一块上好的优质桐木。他十分高兴，仔细将桐木刻削雕琢做成了琴，装上弦演奏，琴声优美，回音像金玉碰撞般悦耳。工之侨自认为这把琴是天下的极品，就把它献给了掌管祭祀的官员，官员派最优秀的乐师来看琴。乐师摇摇头说："这把琴的声音虽好，可惜不够古老啊。"就退给了他。工之侨无奈地回了家，到家后他让漆匠在琴上伪造出断裂的细纹；又让工匠做出古代款式的雕刻；最后把琴装在匣子里埋入土中，过了一整年后再拿出来，抱到市场上去卖。一个显贵之人看见了琴，觉得十分珍贵，就用一百两黄金买了下来，把琴进献到了宫里。宫中那些掌管音乐的官员们纷纷传看，都说："这把琴真是世上少有的珍品啊！"

　　工之侨听说了这件事，感叹道："悲哀啊，这世道！难道就单单是一把琴的事吗？别的方面也是这样的啊！如果不早做打算，就要和这国家一起灭亡了！"于是便遁入深山之中，没有人知道他去了什么地方。

（据《郁离子》改编）

〔智慧启迪〕

判定事物的好坏，应该从本质属性上进行鉴定，而不是根据外表来下结论。同时，我们在生活中也应学会变通地适应环境。

〔博闻馆〕

文人士大夫尤爱古琴

古琴，亦称瑶琴、七弦琴，为中国最古老的弹拨乐器之一。在中国古代，"琴、棋、书、画"历来被视为文人雅士修身养性的必由之路。古琴因其清、和、淡、雅的音乐品格寄寓了文人凌风傲骨、超凡脱俗的处世心态，而在音乐、棋术、书法、绘画中居于首位。"琴者，情也；琴者，禁也。"吹箫抚琴、吟诗作画、登高远游、对酒当歌是文人士大夫生活的生动写照。春秋时期，孔子酷爱弹琴，无论在杏坛讲学，或是受困于陈、蔡，操琴弦歌之声不绝；春秋时期的伯牙和子期"'高山流水'觅知音"的故事，成为广为流传的佳话；魏晋时期的嵇康给予古琴"众器之中，琴德最优"的至高评价。

仿照破车造破车的越人

越国地势低洼，到处都是纵横的河流湖泊，人们出门都乘船，不坐车。因此，越国人一直不懂得如何造车。

有一天，一个越国人到晋国去游玩，在晋国和楚国交界的地方发现了一个东西："呀，这不是一辆车吗？"越国人很高兴，激动地想：等我把这辆车运回去，我们可以模仿着制造，那么我们越国也就有车了。越想越兴奋的越国人根本不知道，这虽然是一辆车，但已经坏得不能用了，所以才被人丢弃在这里。这辆车的辐条已经腐烂，轮子也坏掉了，车辕（yuán）也废了，整个车没有一处完好的地方。但是越国人对之前见过的车看得并不清楚，所以没有发现这车其实是个破烂儿。

越国人千辛万苦地用船载着车回到了家乡，逢人便说："我搞到了一辆车，一辆真正的车，快去我家看吧！"于是到他家看车的人络绎不绝，大家都信了他的话，纷纷议论："原来车就是这个样子的呀！"

之后，越人都模仿这辆车的样子来造车。一次，晋国人看

到了越人造的车后，笑得直不起腰来，嘲笑他们说："你们实在太笨了，竟然把车都造成破车，用都没法用！"可是越国人以为晋国人在骗自己，根本不理睬，继续造着更多的破车。

终于有一天，战争爆发了，敌人大兵压境，但越国人一点儿也不慌张，他们觉得自己现在有车了，没什么可怕的。他们驾着破车直冲敌军，可是跑出去没多远，破车就散架了。越国自然大败，可是直到最后，越国人都没明白自己是败在了车上。

（据《逊志斋集》改编）

〔智慧启迪〕

越国人的教训告诫我们：学习新知识不可一知半解，自作聪明，要认真仔细地研究，广泛听取他人的意见。

〔博闻馆〕

俗话一知半解

像越国人这样一知半解的人还真不少，我国民间就有许多讽刺这种人的俗语。

半吊子：古代制钱以一千枚为单位计量，叫一贯或一吊。五百枚叫半吊。因而人们常用"半吊子"指那些知识不丰富或技术不熟练，做事不仔细又自以为是，或不通事理、说话随便的人。

二把刀：技术好的泥瓦匠称为"头把刀"，专门垒墙角、砌门垛的，叫"把垛子"；技术差的只能打下手，叫"二把刀"。

一瓶子不满，半瓶子晃荡：或说"半瓶子醋"，讽刺那些只有一点儿本领还到处炫耀的人。

孔雀爱尾

有一只雄孔雀的羽毛非常美丽，尤其是在它开屏的时候，七彩绚丽的羽毛在阳光下闪亮生辉，雌孔雀和别的动物都会被它迷住。

这只孔雀非常骄傲，经常飞到河边，一边欣赏自己水中的倒影，一边感叹："啊，再也没有比我更美丽的了！"晚上要休息的时候，它也一定要找个安全的地方，先把尾巴藏好，半夜里一有风吹草动，第一件事就是看看自己的尾巴是不是完好无损。

这一天孔雀又出来炫耀自己的尾巴，突然下起了大雨，孔雀急忙飞到一个山洞里，把大尾巴藏进去，生怕被雨淋湿了。这时，其他的鸟儿也都飞进山洞里躲雨。孔雀把尾巴往旁边挪了挪，但嘀咕着："哼，这些丑陋的鸟，哪配和我待在一个山洞里！"

趁雨天出来捕鸟的猎人悄悄地靠近了这个山洞，一只小麻雀发现了他们，惊叫起来，其他的鸟儿也都赶紧冒雨飞走了。孔雀也想飞走，但它又害怕羽毛被淋，心想："哎呀，外面那么大

的雨,把羽毛淋湿了怎么办?尾巴会变得不华丽的……"它边想边回头望着自己的尾巴,犹豫不决。猎人趁机便轻而易举地抓住了这只美丽的孔雀。

（据《权子》改编）

〔智慧启迪〕 ～～～～～～～～～～～～～

这则寓言告诫我们,做事要有轻重缓急、主次之分,不可本末倒置,因小失大。

〔博闻馆〕 〰〰〰〰〰〰〰〰〰〰

山鸡照影

曹操当权的时候，有人从南方献给他一只山鸡，还说山鸡不仅羽毛华美艳丽，而且还能跳出美丽的舞姿。曹操听了很高兴，召来了乐工奏起动听的曲子，好让山鸡跳舞。乐工卖力地又吹又打，可是山鸡却一点都不买账，一动也不动。

曹操很扫兴，这时他的小儿子曹冲走上前来说："父王，儿臣听说山鸡一向为自己的羽毛感到骄傲，所以一见到水中有自己的倒影，就会跳起舞来欣赏自己的美丽。何不叫人搬一面大镜子来放在山鸡面前，这样山鸡看到自己的影子，就会自动跳起舞来了。"

曹操听了拍手称妙，马上叫人将宫中最大的镜子抬来放在山鸡面前。山鸡慢悠悠地踱到镜子跟前，看到镜中自己无与伦比的丽影后，立刻激动地叫了起来，然后就拍打翅膀、舒展步伐，翩翩起舞了。

山鸡迷人的舞姿让曹操赞叹不已，以至忘了叫人把镜子抬走。可怜的山鸡，不知疲倦地在镜子前跳舞。最后，它终于耗尽了所有力气，倒在地上死去了。

八哥学舌

从前在南方生活着一种八哥，这种鸟全身黑黑的，看上去有些丑，但却身怀绝技——能学人说话。有一天，一个人在用网捉鸟时无意间逮到了这么一只八哥，心想：早就听说这种鸟能学人说话，今天正好抓到一只，不如亲自检验一下，看看到底是不是真的。于是就把它带回了家，关在笼子里，好吃好喝地养着，等它熟悉了新家的环境后，就开始教它说话，教的都是

很简短的句子，比如"你好""有客人来了"等等。八哥整天听到的都是那么几句话，也就慢慢地学会了。主人听了很高兴，连夸它聪明，不再整天关着它。八哥也很得意，觉得自己真了不起，也就不再费力气学主人教的新句子，整天说的就是之前学会的那几句话。

转眼之间，夏天到了，院子里的树上来了一只会叫的知了，它每天喝足了露水，就找块阴凉的树杈，扯开嗓子没完没了地鸣叫："热啊！热啊！"似乎要盖过院里所有的声音。八哥见身边一下子冒出这么个"知了广播电台"，以为它是要跟自己争宠，就想把它赶走。它飞到树上，满脸不屑地嘲笑知了："喂，你也不看看这是谁的地盘，就凭你叫的那两下子，也想跟我一较高低吗？"知了答道："哦，原来是八哥兄，久仰久仰。我住在这儿的这些日子里常听你像人那样说话，简直是惟妙惟肖。不过你说的都是主人反复教给你的话，没有一句是你自己想说的，所以实际上你啥都没说。我说的虽然简单，却都是我自己想法的真实表达。咱们两个比起来，到底是谁说的话更有价值呢？"八哥听了很不服气，觉得不能让这小子看扁了，就张口想说一句主人没教过的人话，哪知道舌头却不听使唤，说出来的还是早就学会的那几句。八哥满脸通红，自知无法反驳，只好低着头灰溜溜地回到了屋里。从此以后，不管主人怎么教，这只八哥再也不学人说话了。

（据《叔苴子》改编）

〔智慧启迪〕

语言是表达思想的工具，如果只是机械地照搬别人的话，没有一点儿自己的意见和想法，即使说得再好，也不过是八哥学舌罢了，并不能说明自己的认识有多深刻。

〔博闻馆〕

韩康伯的"口才"

东晋时的殷浩饱读诗书，学识渊博，与人交谈时常常口若悬河，说得头头是道。他听人说自己的外甥韩康伯口才很好，但是听他外甥谈过一次后才知道，原来韩康伯不过是原样套用自己的话，一点创见都没有，就生气地说："像你这样拿着我牙齿中的饭渣当宝贝，真没出息。"

猩猩好酒

森林里住着一群非常聪明的猩猩，它们很喜欢喝酒，也喜欢模仿人的动作。猎人们就利用猩猩的这些特点，想了一个计策来诱捕它们。他们找了个空地，在那里放了几坛子美酒，地上摆好了大大小小的酒杯，同时又编了很多草鞋，用绳子把鞋子串起来放在了路旁。

猩猩们一看见这些东西，就知道是猎人们的圈套，它们就喊着猎人的名字和其父母祖先的名字大声叫骂："你们这些该死的猎人，以为用几坛子酒和几双草鞋就可以让我们上当么？这点破酒破草鞋算什么好玩意儿，难道我们就这么嘴馋会被你们骗？一群笨蛋！"

猩猩们骂得口干舌燥，其中一只猩猩闻到了酒香实在忍不住了，就提议说："弟兄们，这些傻瓜白白为咱们准备了这么多酒，咱们不如去尝它一小杯怎么样？不喝白不喝，只要咱们不喝醉，不上他们的当就是了。"

它的提议正合猩猩们的心意，于是它们高兴地从树上爬下来，开始喝酒。它们先是用小杯喝，喝完后就一边叫骂一边走开了。过了一会儿，它们忍不住又回来了，拿起大一些的杯子喝酒，喝完了，照样大骂着走开。就这样重复了三四次，猩猩们终于抵挡不了酒的诱惑，干脆抓起最大的酒杯直接往嘴里灌。不一会儿，它们喝得酩酊大醉，双眼歪斜，满脸通红，脚步踉跄，一个个发起酒疯来了。它们相互追逐嬉闹，大喊大叫，乱蹦乱跳，还穿上地上的草鞋，歪歪扭扭地学人走路玩。

正在这时，埋伏在一旁的猎人们一起冲出来追捕猩猩，喝得醉醺醺的猩猩想要逃跑，可是脚下穿着绑在一起的草鞋，都纷纷摔倒了，没一个能够逃脱的。

（据《贤奕编》改编）

[智慧启迪]

这则故事生动地勾勒出了贪图物质享受、追逐蝇头小利而铸成大错的那些人的形象。面对诱惑，切忌贪心。

〔博闻馆〕

"延迟满足"实验

心理学中有个著名的"延迟满足"实验。实验人员给4岁的孩子每人一颗好吃的软糖，并告诉他们：如果马上吃掉的话，只能吃一颗软糖；如果等20分钟再吃的话，就能吃到两颗。然后，实验人员离开，留下孩子和极具诱惑的软糖。实验人员观察发现：有些孩子只等了一会儿就不耐烦了，迫不及待地吃掉了软糖，是"不等者"；有些孩子却很有耐心，等待了20分钟后再吃软糖，是"延迟者"。

后来，等参加实验的孩子到了青少年时期，研究人员对他们的家长及教师进行了调查，发现"不等者"在个性方面，更多地显示出孤僻、易固执、易受挫、优柔寡断的倾向；"延迟者"较多地成为适应性强、具有冒险精神、受人欢迎、自信独立的少年。两者学业能力的测试结果也显示，"延迟者"比"不等者"在数学和语文成绩上平均高出20分。由此可见，擅长抵制诱惑、自控能力强的人更容易成功。

兄弟争雁

从前有一对兄弟，两人都很喜欢打猎。一天他俩又一起外出打猎，忽然看见远处飞来一群大雁，两人就张弓搭箭准备射雁。这时候哥哥说："现在的雁肥，射下来煮着吃。"

弟弟听了反倒说："落在地上休息的雁煮着吃好，天上飞翔的雁还是烤了吃好，又香又酥。"

“我说了算，就是煮着吃！”哥哥寸步不让。

“这事儿该听我的，非烤不行！”弟弟也不甘示弱。

两人争执不下，一直吵到村里的长辈面前。老人家给他们出了个主意：射下来的大雁，一半煮着吃，一半烤着吃。哥俩这才不争了。可是，等到他们再回去准备射雁的时候，那群大雁早已飞得无影无踪了。

（据《贤奕编》改编）

〔智慧启迪〕

做任何事情都应该当机立断，分清事件的主次，明白轻重缓急，先解决主要问题。不要把时间花在没有意义的争论上，应抓紧时间、把握时机做最重要的事。

〔博闻馆〕

嫩草和干草之间的选择

有一头饥饿的小驴子外出觅食，走着走着，它突然发现前方的地上有两堆相距不太远的草料，一堆是干草料，另一堆是新鲜的嫩草。

小驴很高兴，飞快地奔到干草料旁边，刚要张嘴吃，它突然想到另一堆草料那么新鲜，肯定更好吃，如果不马上去吃可能会被别的驴子吃掉，于是掉过头来奔向嫩草堆。

它的嘴刚碰到嫩草料堆，脑袋里又立刻闪过一个想法：这堆草虽然很嫩，可别的驴子把那一大堆干草料吃光的话，自己就吃不饱了，还是回去吃干草吧。它又跑回了干草料堆。

可是，当它跑到干草料堆的时候，又担心嫩草被别的驴子吃掉，它再次跑回嫩草堆。跑回嫩草堆那儿它又担心干草会没有，又返回干草堆。

小驴既想吃饱，又想吃嫩草，还担心草料被别的驴子吃光。于是不停地在两堆草料间来回奔跑，最终筋疲力尽，死在了两个草堆之间。

给猫起名字

　　从前有个叫乔奄的人，他家里养了一只猫，这只猫的花纹很像老虎，就称它为"虎猫"。乔奄非常喜欢这只猫，家里来客人时，他常常抱"虎猫"出来炫耀。

　　有一天他请客人吃饭，又把"虎猫"抱了出来。客人们知道他喜欢这只猫，为了讨好他，客人们纷纷给"虎猫"换新名，争着借这只猫拍乔奄的马屁。

　　"老虎虽然勇猛，但是不如龙神奇。我认为应该叫'龙猫'才对。"

　　"不妥，不妥。龙虽然神奇，但是如果没有云的依托，龙就没法在天上飞了，所以我觉得应该叫'云猫'。"

　　"云确实遮天蔽日、气象不凡，但是，一阵狂风就可以把它吹得烟消云散。所以云是比不过风的，我建议还是叫它'风猫'好。"

　　"大风虽然威力无比，不过一堵墙壁就可以挡住狂风，风又能把墙怎么样呢? 如此看来，不如叫'墙猫'。"

"这位的意见我可不敢苟同。墙壁确实可以抵挡一阵风，但是跟老鼠一比就不行喽，老鼠在墙上一打洞，墙就要塌掉。请改名为'鼠猫'吧。"

这时，一位老人站了起来："你们这些人都是瞎说。逮老鼠的是谁? 不就是猫嘛! 猫就是猫，乱给它起名字，搞那么多没用的名堂干什么呢?"

（据《应谐录》改编）

〔智慧启迪〕

世界上总有一些人喜欢务虚名，在一只普通的猫身上也要大做文章，弄得自相矛盾，笑话百出。在生活中，我们要实事求是，踏踏实实做事，堂堂正正做人。

〔博闻馆〕

古人对猫的爱称

古人养猫、爱猫，很擅长给猫起名字，有的名字非常雅致，比如唐朝贯休给他的猫起名"梵虎"，宋代林灵素的猫叫"吼金丝"，明末清初金正希的猫名为"铁号钟"，清朝于敏中有只猫叫"冲雾豹"。

清朝有个广东人叫丁杰，很喜欢养猫，他按颜色把猫分成三等，并给这三类猫都取了名字。比如毛色纯黄的叫"金丝虎""戛金钟""大滴金"，纯白的名曰"尺玉""宵飞练"，纯黑的命名为"乌云豹""啸铁"。此外，他还给颜色有花斑的猫也取了不少名字，比如"吼彩霞""滚地锦""跃玳""草上霜""雪地金钱"，另外还有"雪地麻""笋斑""黄粉""麻青"等名字。

蜘蛛与蚕的对话

　　蜘蛛和蚕聊天，蜘蛛对蚕说："你过得多不值得啊！每天吃着桑叶长大，之后从嫩黄的嘴里吐出纵横交错的长丝，用这些丝织成茧壳，再把自己牢牢地封裹起来。结果蚕妇却把你放进滚烫的开水中，抽出你辛辛苦苦吐出来的长丝，还毁了你的身躯和茧壳。你拥有口吐银丝的绝技，而这绝技却成了杀死你的主要原因，你不觉得自己这样做太愚蠢了吗?"

蚕回答道："我固然是杀死了自己，但是我吐出的银丝可以织成精美的绸缎。皇帝穿的龙袍，百官穿的朝服，哪一件不是用我吐出的长丝织成的？而你呢？同样也有吐丝织网的绝技，但是你用吐出的蛛丝张开罗网，自己坐镇中央，蚊子、小虫、蝴蝶、蜜蜂，只要撞入你的罗网，就统统被杀掉，变成了你口中的美餐，没有一个能够幸免。你的技术是够高超的了，但专门用来捕杀别的动物，是不是太残忍了呢？"

蜘蛛很不以为然："为别人打算，说得多好听！我宁愿为自己！"

唉，世界上宁愿做蚕而不愿做蜘蛛的人真是太少了啊！

（据《雪涛小说》改编）

〔智慧启迪〕～～～～～～～～～～～～

蜘蛛和蚕的对话折射出的是两种截然不同的人生观：一种利己不利世，自私自利；一种利世不利己，舍身为人。被历史铭记的都是后者。生活中，我们要像蚕学习做一名奉献者，而不是蜘蛛那样的索取者。

〔博闻馆〕

蜘蛛丝带给我们的启发

科学的发展使人类越来越多地探索到自然界的奥秘，科学家们注意到了蜘蛛丝非同一般的性能。首先，蜘蛛丝很细而强度却很高，它比人的头发还要细，强度比钢丝还要大；其次，它的柔韧性和弹性都很好，耐冲击；再有，无论是在干燥状态还是潮湿状态下都有很好的性能。此外，蜘蛛丝网还有很好的耐低温性能。由于蜘蛛丝是由蛋白质构成，是生物可降解的，因而对环境很友好……于是人们开始思考，如果有一天能够用人工的方法大量而经济地生产类似蜘蛛丝的纤维，必将对纤维和纺织业的发展产生深远的影响。目前，美国、加拿大、德国、俄罗斯和日本等发达国家已投入大量的人力和物力进行研究。可以说，对蜘蛛丝的研究，已成为当今世界纤维界的热门课题。

狡猾的蝙蝠

百鸟之王凤凰要过生日了，各种鸟都准备派代表去参加凤凰的寿宴，还精心挑选了礼物当作贺礼，只有蝙蝠对此漠不关心，连句祝福的话都没有。寿宴当天，凤凰见群鸟中唯独缺了蝙蝠，很不高兴。之后碰到它时就责怪它说："天下的鸟类都归我管辖，你有什么了不起的？居然敢对我摆架子，连我过生日都不闻不问。"蝙蝠轻蔑地笑道："谁说我是鸟类？我长了

一双野兽般的脚，应该是走兽家庭中的一员，根本不受你的管辖。给你祝贺生日，你还能给我什么好处不成？"凤凰虽然生气，却也一时找不出反驳的理由来。

过了一段时间，又到了百兽之王麒麟的生日，各种走兽也派代表带着礼物去给麒麟祝寿，蝙蝠仍然嫌麻烦，也没当回事儿，自顾自地享乐。麒麟派使者去责怪它的傲慢无礼，蝙蝠说："笑话，我明明长着一双翅膀，是飞禽国的公民，你们走兽的事情凭什么劳我大驾？你们管得也太宽了吧。"

巧的是，不久之后的动物大会上，麒麟碰到了凤凰。麒麟说："蝙蝠那小子说自己是鸟，根本不理我过生日这茬，真是气死我了。"凤凰说："啊？我过生日它也没来，还声称自己是兽。我本是质问它的，却反被它抢白了一通。"它们俩听了对方的话，不禁感叹道："现在世道真是变了，居然有这样'不禽不兽'的无耻之徒。"

（据《笑府》改编）

〔智慧启迪〕

社会上总有些人左右逢源，不断改变自己的立场和原则，从而谋取私利，见风使舵的人可以凭借小聪明得意一时，却终会有败露的一天。到时失去的将会是所有人的信任，恐怕连立足之地都没有了。

〔博闻馆〕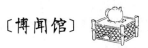

左右逢源的蔡京

北宋大奸臣蔡京初登仕途时，正值王安石大力推行变法。他的第一个职务是钱塘县县尉，职级低微。为了能够在官场往上爬，他便利用自己的弟弟是王安石的女婿这层关系进京活动，四处钻营，声称自己支持变法，获得了王安石的信任，不久之后就官拜中书舍人。然而，没过多久，官场就发生了变化。神宗死后，保守派代表司马光出任宰相，废弃了变法内容，恢复了差役法，限令各地于五日内完成。很多人觉得时间太紧迫难以完成，只有蔡京严令属下按期完成，从而得到了司马光的肯定，保住了官位。他在仕途生活中，曾四度拜相，靠的正是见风使舵、左右逢源之道。钦宗继位后，为了平民愤，罢免了蔡京，将其发配到了岭南。这正是"机关算尽太聪明，反误了卿卿性命"。

只要功夫深，铁杵磨成针

据说李白小的时候学习并不用功，一点都不想读书。有一天，他读书读到一半，就不耐烦了："这么厚一本书，什么时候才能读完啊！"过了一会儿，李白干脆把书一扔，溜出门玩儿去了。

他一边闲游闲逛，一边东瞧西看，忽然发现一位老奶奶正拿着一根粗大的铁棒子，在磨刀石上一下一下地磨着。老奶奶十分专注，以至于李白在她跟前站了很久她都没有察觉。李白非常好奇，于是蹲了下来，两只手托着下巴，傻看了好一阵子。老奶奶也不理会他，只是全神贯注地磨着。终于，李白忍不住了，问道："奶奶，您这是干什么哪？"

"磨针。"老奶奶头也不抬。

"磨针？"李白觉得不可思议，老奶奶手里磨着的明明是一根粗铁棒，怎么是针呢？他忍不住又问："老奶奶，针又细又小，您手上可是又粗又大的铁棒啊！"

老奶奶这才抬起头来说："孩子，铁棒再粗，可禁不住我天天磨呀！只要我不间断地磨下去，再粗的铁棒也能磨成绣花针的。"

李白虽有点调皮但悟性却很高，听了老奶奶的话之后，他的心里就像打开了一扇窗："对呀，做事情只要有恒心，什么事都能做成。读书也是这样，虽然有不懂的地方，但只要坚持读，天天读，自然会融会贯通的。"他转身就往家跑，拾起扔在地上的书本，专心致志地读起来。最终李白成了中国历史上一位伟大的诗人。

（据《潜确类书》改编）

〔智慧启迪〕 ～～～～～～～～～～～～～

天才是百分之一的灵感加上百分之九十九的汗水，人的智力虽然有差别，但只要勤奋刻苦、坚持不懈地努力，就一定能在学业上取得成功。

〔博闻馆〕 ～～～～～～～～～～～～～

邮差薛瓦勒的美丽城堡

一位名叫薛瓦勒的乡村邮差每天徒步奔走在各个村落之

间。有一天，他在崎岖的山路上被一块石头绊倒了。他拿起那块石头一看，发现石头异样地美丽，薛瓦勒爱不释手，并且生出一个念头：如果用这样美丽的石头建造一座城堡，那将会非常漂亮。

于是，他每天在送信途中都寻找这种石头并带回家。为了捡回更多的石头，他开始推着独轮车送信。从此以后，白天他是一个邮差和一个运送石头的人，晚上他又是一个建筑师，按照自己天马行空的思维来垒造城堡。许多人认为他这是异想天开，痴人说梦，他却不以为然，依旧幸福地建造着自己的城堡。经过二十多年的不懈努力，在他偏僻的住处终于建成了错落有致的美丽城堡。

1905年，法国一家报纸的记者偶然发现了这群低矮的城堡，城堡的建筑格局令他叹为观止，于是他写了一篇关于这座城堡的介绍文章，文章刊登后引起了巨大反响。许多人都慕名前来参观，就连高傲孤寂、才华诡谲（jué）的大画家毕加索也专程前来参观薛瓦勒的建筑。

如今，这座城堡已成为法国著名的旅游景点，它的名字就叫"邮差薛瓦勒之理想宫"。

穷和尚与富和尚

很久以前，四川一个偏僻的小庙里，住了两个和尚。其中一个和尚很贫穷，穿的是破旧的僧衣，吃的是粗茶淡饭；另一个和尚很富有，每天过着舒舒服服的日子。

有一天，穷和尚对富和尚说："我打算去南海朝拜佛祖，你觉得怎么样？"富和尚以为自己听错了，不敢相信地问："你说什么？要去南海？"

穷和尚肯定地说："是的，我打算这两天就出发。"

富和尚听了哈哈大笑起来："就凭你，路途那么远，你要怎么去？"

穷和尚说："我只要一个饭钵、一只水壶，还有我的两条腿就够了。"

富和尚笑得几乎喘不过气来："去南海来回几千里路，而且一路要穿越高山大河，险阻重重。我几年前就开始为去南海做准备了，想雇船沿长江而下，并且准备好了充足的粮食，就这样还没成功呢！就凭你的一只水壶、一个饭钵，怎么可能到得了南海？真是痴人说梦！"

第二天,富和尚发现穷和尚和他的水壶、饭钵已经不见了。

一年之后,富和尚还在为去南海做着各种各样的准备,穷和尚却已经从南海朝拜完回来了。富和尚看他果真达成了愿望,惭愧得面红耳赤,一句话也说不出来。

（据《白鹤堂文集》改编）

〔智慧启迪〕

四川距离南海有几千里的路,富和尚没有成功可穷和尚却到达了,这说明事情成功的关键不在于富与穷,而是一个人是否有恒心、有毅力去执行。只要肯做，再难的事也会变得很容易。一个人若立志求学，只要肯努力，再难的学问也能学成。

〔博闻馆〕

走向金字塔

一个父亲和他跛脚的儿子站在一幅金字塔画前，儿子被画中金字塔的雄伟所震撼，他问父亲这是哪里，父亲淡淡地说："别问了，这是你永远不能到达的地方。"

二十年后，已经年老的父亲收到了一张照片，照片的背景是和二十年前那幅画上同样雄伟的金字塔，挂着拐杖的儿子站在金字塔前，笑容灿烂，照片背后写着一行字："人生是不会被注定的。"

跛脚的儿子用自己的行动证明：心动不如行动！当我们憧憬去做某件事情的时候，只要有足够的信心，并努力去实践，就一定会有成功的一天。

拓展阅读

中国古代寓言的发展

　　"寓言"一词最早出自《庄子·杂篇》，指寄寓的言论。庄子常假托人物或故事来阐述哲学道理和思想主张。《庄子·杂篇·寓言》开篇就用一个比喻揭示出了寓言的本质。"寓言十九，藉外论之。亲父不为其子媒。亲父誉之，不若非其父者也；非吾之罪也，人之罪也。"意思是十句寓言中有九句，是借助其他事物来论述道理的。做父亲的不给自己的儿子做媒。做父亲的夸赞儿子，总不如别人称赞显得真实可信；这不是做父亲的过错，是人们易于猜疑的过错。因此很多寓言故事并不是真实存在的，而是作者虚构的。

　　寓言在春秋时代逐渐兴起，战国时代走向成熟兴盛。战国时期，社会经济迅速发展，人们的思想也得到极大解放。当时的一些思想家借寓言来表达自己的观点，或把寓言当成辩论的手段。他们往往从古代神话、传说、民间故事中汲取灵感，通过艺术加工，创造出丰富多彩的寓言故事，使自己抽象的逻辑思维带有了具体的形象表征，增加辩论的说服力。如《孟子》的《攘鸡》讲了这样一个故事：宋国大夫戴盈之说："征收农产品的十分之一作为税收，去掉交通要道的市集的赋税，今年还办不到，请让我们减少赋税，等明年再实行，怎么样？"孟子说："现在有一个人，每天都要偷邻居家的一只鸡，有人劝告他：'这不是品德高尚的人的做法。'他说：'请允许我减少偷鸡的次数，每月偷一只鸡，等到第二年，就停止偷鸡。'如果知道这是不道德的，就赶快停止，何必要等到来年呢？"孟子借偷鸡的故事提醒人们，知道自己错了就要及时改正，绝不能借故拖延，明知故犯。

春秋战国时期，寓言故事千姿百态、灵活地穿插在思想家的论述中，有力地支撑着他们的论证。后来，寓言逐渐成为文学作品的一种体裁，收录在诸子百家中，《列子》《庄子》和《韩非子》收录的寓言最多。此外，《吕氏春秋》《战国策》中也收录了不少，比如我们熟悉的《刻舟求剑》便出自《吕氏春秋》、《画蛇添足》则出自《战国策》。

两汉时期，散文成就最高，也涌现出了很多寓言故事。比如刘向《说苑》中有《螳螂捕蝉，黄雀在后》《爱抱怨的猫头鹰》

等故事，但寓言数量不如先秦时期多。魏晋时期，佛教盛行，一些佛经中也夹杂着寓言故事，比如《大般涅槃经》中记载了《盲人摸象》的故事。不过，汉魏时期寓言的成就远不如先秦时期，寓言中的哲理成分有所下降，嘲笑、讽刺和夸张的意味更多。唐代提倡古文运动，不少作家在散文创作中写了很多带有讽刺意味的寓言，其中成就最高的当属柳宗元。他在著名的《三戒》中，以麋、驴、鼠三种动物的故事，讽刺了那些恃宠而骄、盲目自大、得意忘形的人，《黔驴技穷》便是其中的一篇，文中柳宗元用驴子的徒有其表，讽刺了仗势欺人、外强中干的那些人。柳宗元的寓言对社会现实的批判极为深刻。在他的作品中，先秦寓言的传统艺术手法得以再现。元明清时代，寓言的数量已不多。

　　总体来看，我国古代寓言有着高度的思想性和艺术性，在文学史上有积极而深远的影响。几千年来，寓言不断发展进步，它不仅揭示了当时社会生活的黑暗，还讲述了诸多深刻的道理，寓言的创作者们更是运用丰富的艺术手法向我们展现了语言文字的巨大魅力。直到今天，古代的寓言故事仍闪耀着智慧的光芒。

（丁嘉艺）

源自寓言故事的成语

杞人忧天　古时候有个杞国人整天都在胡思乱想，他总认为天随时可能崩塌下来，地也随时可能陷落下去。这样一来，人连安身的地方都没有了，于是他一直忧心忡忡、茶饭不进。有个智者听说后跑来开导这个杞国人："天不过是一团积聚的气体，到处都是气，人运动、呼吸也是在这气当中，怎么可能崩塌下来呢？地不过是堆积起来的土块罢了，到处都是这样的土地，它怎么会陷落下去呢？"杞人听罢，豁然开朗，心头像放下千斤重担。这个故事主要告诉我们不要去忧虑那些不切实际的事物。出自《列子》。

量体裁衣　原意是指按照身材尺寸裁剪衣服。比喻做事从实际情况出发。明朝嘉靖年间，北京城中有位裁缝很有名气，他裁制的衣服，长短肥瘦，无不合体。一次，御史大夫请他去裁制一件朝服。裁缝量好了他的身腰尺寸，又问："请教老爷，您当官当了多少年了？"御史大夫很奇怪："你量体裁衣就够了，还要问这些干什么？"裁缝回答说："年轻人初任高职，意高气盛，走路时挺胸凸肚，裁衣要后短前长；做官有了一定年资，意气微平，衣服应前后一般长短；当官年久而将迁退，则内心抑郁不振，走路时低头弯腰，做的衣服就应前短后长。所以，我如果不问明您做官的年资，怎么能裁出称心合体的衣服来呢？"出自《墨子》。

东施效颦　西施是中国历史上的"四大美女"之一，她的一举一动都十分吸引人。一次，西施突然胸口疼痛，于是她就用手捂住胸口，皱着眉头朝家走去，但村民们见到她都称赞她比平时更美丽。同村有位名叫东施的女孩，长相并不好看。她看到村里的人都夸赞西施用手捂着心口的样子很美丽，于是也学着西施的样子捂着自己的胸口，皱着眉头在村中走，认为这样就会有人称赞她。同村的富人看见她，都牢牢关起大门不出去；穷人见了东施，都带着妻子和儿女躲开她。东施只知道皱眉头很美，却不知道为什么皱眉头会很美。这则寓言告诉我们不要一味地模仿别人，要知道别人这样做好在哪里。出自《庄子》。

庖丁解牛　形容事物只要反复实践，掌握了它的客观规律，就能得心应手，运用自如。战国时，有一个厨师为梁惠王宰牛，不但动作快，而且下刀剥皮剔骨的技术也非常熟练，很快就能把一头牛的肉和全部骨头分解开来。梁惠王看了连声赞叹，并说：“你宰牛的技术竟高明到这个程度了啊！”厨师回答说：“我之所以达到如此熟练的程度，主要是因为我掌握了其中的规律，这早已超越了对宰牛技术的追求。我已经完全弄清了牛的骨骼结构，所以宰牛的时候都是沿着牛的肌理结构下刀的。所以我的刀虽然用了十九年，解剖了几千头牛，但刀刃还像刚磨过那样锋利。因为牛的骨节之间总有一定的空隙，我的刀刃又磨得极薄，比牛骨节间的空隙还薄，所以用这样的刀刃来分解有空隙的牛骨节，运转刀刃是宽绰而大有余地啊。” 出自《庄子》。

买椟还珠 指买来装珍珠的木匣后退还了珍珠，后比喻取舍不当。春秋时期，楚国有一个商人，专门卖珠宝，他经常去郑国售卖珠宝。为了使珠宝卖上好价钱，他特意用名贵的木料造了珠宝盒子，并且请技艺高超的师傅把盒子雕刻得精致而美观，还买了一些名贵的香料，把盒子熏得香气迷人。然后再把珠宝装在盒子里，拿到郑国去售卖。有一个郑国人，看见装宝珠的盒子如此美丽，喜爱得不得了，问明价格后，就买了一个。

刚买走没一会儿，他又折了回来，楚国人以为他要退货，结果这个郑国人却打开盒子，把里面的珠宝退还给了珠宝商。出自《韩非子》。

自相矛盾 有一个楚国人卖矛又卖盾，他说他的盾坚固得很，不管是用什么矛都戳不穿；又说他的矛锐利得很，不管是什么盾都戳得穿。有个围观的人问道："用你自己的矛刺你自己的盾会怎么样？"这个人无以对答。后用来比喻人的语言或行动前后抵触、不一致。出自《韩非子》。

画蛇添足 原意是画蛇时给蛇添上了脚，后比喻做了多余的事，非但无益，反而不合适。这个成语讽刺那些做事多此一举，反而得不偿失的人。古时候，楚国有一家人，祭祀完之后，准备将祭祀用的一壶酒赏给帮忙的人喝。帮忙的人很多，却只有一壶酒，到底该怎么分呢？有人建议每人在地上画一条蛇，谁先画完谁就可以得到那壶酒，大家都同意这么做。于是，帮忙的人在地上纷纷画起蛇来。有个人先画完了，得意地提着酒壶看着其他人说："你们画得真慢，我再给蛇画几只脚也不算晚！"于是，他左手拿着酒壶，右手给蛇画起脚来。正在他画的时候，另一个人画好了，马上夺过了他手中的酒壶，说道："你见过蛇吗？蛇是没有脚的，为什么要给它加上脚呢？所以第一个画好蛇的人是我，不是你！”说罢，那个人拿起酒壶咕咚咕咚把酒喝了下去。出自《战国策》。

　　塞翁失马　　靠近边境一带的居民中有一个精通术数的人，他们家的马无缘无故跑到了胡人的住地。人们都前来慰问他。那个老人说：“这怎么就不能是一件好事呢？”过了几个月，那匹马带着胡人的良马回来了。人们都前来祝贺他们一家。那个老人说：“这怎么就不能是一件坏事呢？”他家有很多好马，他的儿子喜欢骑马，结果从马上掉下来摔得大腿骨折。人们都前来安慰他们一家。那个老人说：“这怎么就不能是一件好事呢？”过了一年，胡人大举入侵边境一带，壮年男子都拿起弓箭去作战。靠近边境一带的人，绝大部分都死了。唯独这个人因为腿瘸的缘故免于征战，父子得以保全生命。塞翁失马比喻一时虽然受到损失，也许反而因此能得到好处。也指坏事在一定条件下可变为好事。出自《淮南鸿烈集解》。

　　对牛弹琴　　很久以前，有一个叫公明仪的大音乐家。有一次，他看到一头牛正在吃草，就给牛弹奏了一首深奥的琴曲。但牛就像没听到一样，照常吃草。公明仪发现牛不是没听到琴曲，而是根本听不懂这首曲子。随后，公明仪又弹了一首新曲子，听起来就像蚊子、牛蝇和小牛在叫唤一样。牛听到后，便马上停了下来，摇头摆尾地仔细听了起来。后来，人们用"对牛弹琴"讥笑说话的人不看对象，比喻向不懂道理的外行人讲高深的道理是徒劳的。出自《理惑论》。

丰富多彩的外国寓言

　　灿烂的中国文化孕育出了中国独特的寓言故事,世界其他国家和民族也创造了不少富有哲理的寓言故事。寓言故事发源于欧洲并在此茁壮成长,古希腊的伊索、法国的拉·封丹、德国的莱辛、俄国的克雷洛夫等闻名世界的寓言家都出现在欧洲大地上。成书于公元前三世纪的古希腊《伊索寓言》是最早的寓言作品,其对后世寓言作品的影响尤为深远。那么外国寓言有着什么样的特点呢? 我们可以从世界寓言的三座丰碑——《伊索寓言》《拉·封丹寓言》和《克雷洛夫寓言》中一探究竟。

　　寓言大多短小精悍且充满讽刺意味,有时寥寥数语便能讲述一个完整的故事。寓言多发生在动植物之间或人与动物之间,大致可分为人物寓言、动物寓言和其他寓言三种。如"狮子和猎人""乌鸦和狐狸""狼和小羊""矢车菊""玫瑰和苋菜""狮子和鹿""狐狸和猴子"等等,很多与人类关系较为密切的动植物都是寓言中的常客。值得一提的是,《伊索寓言》中除了包含人类生活中常见的动植物之外,还别出心裁地采用了许多我们较为陌生的形象，像蠡斯、蜣螂、螟蛾等，使读者们在阅读时倍感新奇。

这些动植物在寓言家的笔下拥有了人类的情感和鲜活的形象，而它们的行为和命运更是对复杂的人性以及变幻莫测的人生的真实写照。如《伊索寓言》中为人们所熟知的"狐狸和葡萄"的故事，狐狸眼馋美味多汁的葡萄，但多次尝试未能摘到葡萄，便安慰自己那是酸葡萄。这个故事讽刺了因得不到某些事物而说这些事物不好的人。再如《拉·封丹寓言》中"伐木人和森林"的故事，伐木人的斧子日久腐朽，他恳请森林允许他砍下一根树杈装斧柄，并信誓旦旦保证不再在此处伐木，但斧子做好后他马上疯狂砍伐森林中的树木。这个故事讽刺了那些背信弃义的人。同时，寓言在开头或结尾常以一句哲理箴言作为故事的"点睛之笔"，这些箴言往往能激发读者对人性的深度思考。

此外，不同国家的寓言更像是一面面镜子，这些镜子生动清晰地反映着该国的社会生活。透过不同国家的寓言，我们也能窥见这个国家独特的民族或文化特质。希腊神话是古希腊文学艺术的结晶，因此在《伊索寓言》中就多次出现希腊神话中的人物，众神之王宙斯、火神普罗米修斯、爱神阿芙狄罗忒等都在很多寓言中现身。创作于19世纪的《克雷洛夫寓言》，则有很多故事描写强权者的蛮横和弱势者的无奈、统治者欺压百姓的嘴脸，借以表达人民对当时俄国沙皇的专制统治的强烈不满。如"狼和小羊"的故事中，饥饿的狼看见在溪边喝水的小羊，想将小羊捕为猎物，先是指责小羊的嘴巴污染溪水，再是编造小羊曾对它出言不逊的谎言。在小羊温和辩白之后，气急败坏的狼指出他想吃小羊就是小羊最大的过错。这则寓言就反映出当时统治者的强盗逻辑。

　　全世界的孩子们都是浸润在自己国家五彩斑斓的寓言故事中成长起来的，阅读中国寓言能帮助我们理解民族文化，培养我们的民族意识，拓展我们的文化深度，使我们成为文化自信的新一代中国人；而阅读世界范围内具有代表性的外国寓言则能使我们见微知著，窥见世界文化，拓宽我们的文化广度。

（周淼）